PICCADILLY KIDS

LONDRES, SECRETS
& Rock Stars

PICCADILLY KIDS

LONDRES, SECRETS
& Rock Stars

Éric Senabre

Illustrations de Joëlle Passeron

abc
MELODY

CHAPITRE I

Rien n'aurait dû se passer comme ça.
En fait, rien n'aurait dû se passer du tout.

Sans Chuck et Vera, je serais allé au collège sous le soleil de juin, le cœur léger en pensant aux grandes vacances toutes proches ; j'aurais écouté les cours de Mrs Loxley d'une oreille, en faisant des dessins sur les dernières pages de mon cahier. Et puis, après le collège, je serais revenu à la maison en passant par Waterlow Park. Je me serais attardé à contempler la belle vue sur Londres, comme toujours, et peut-être bien que j'aurais trempé les pieds dans l'un des grands plans d'eau, juste pour embêter les canards. Ici, au nord de la ville, sur les hauteurs, tout est toujours plus calme et plus apaisé. Le tumulte de la City n'est pas loin, bien sûr, mais on a l'impression d'y échapper un peu, de le dominer, même. Je connais quelques personnes qui habitent «en bas» mais ils ne viennent presque jamais par chez nous, parce qu'ils ont peur de la montée.

Après cette petite flânerie, j'aurais pris un goûter, fait semblant de finir mes devoirs, dîné, puis je serais allé me coucher en me disant « plus que 10 jours », et j'aurais regardé la lumière disparaître entre les lattes des volets. Je me serais sans doute endormi avant qu'il ne fasse noir. Comme tous les jours.

Mais ce n'est pas ce qui est arrivé. Parce que tant que Chuck et Vera seront dans les parages, rien ne se passera jamais normalement.

Chuck, c'est mon cousin. On a le même âge à quelques mois près, on va tous les deux au même collège, mais on n'est pas dans la même classe. C'est l'artiste de la famille, du moins, c'est ce que lui pense (ses parents ont un avis un peu différent). Il faut avouer qu'il ne joue pas trop mal de la guitare, et qu'il écrit des paroles de chansons plutôt bonnes. Son problème, c'est qu'il ne fait pas grand-chose d'autre. Chaque année, il passe en classe supérieure de justesse, au prix d'un effort de dernière minute qui le transforme en huître pendant tout le premier tiers des vacances. Peut-être que s'il n'y avait pas Vera, ce serait différent. Mais Vera il y a, et personne n'échappe au tourbillon Vera. Je ne sais pas comment je pourrais la décrire ? Physiquement, ce serait simple ; elle est juste un petit peu plus petite que Chuck, qui me dépasse lui-même de presque une tête, et est aussi brune qu'il est roux. C'est pour le reste que ça se complique. Vera est une très bonne élève, motivée et toujours appréciée des professeurs. Mais ça, c'est la partie émergée de l'iceberg. Vera est aussi la reine des embrouilles. Avec son air de ne pas y toucher, elle n'a pas son pareil pour nous compliquer la vie. Et Chuck la suit aveuglément. Il ne l'avouera jamais, mais je suis à peu près sûr qu'il est amoureux d'elle. Et je suis également certain qu'elle le sait et en profite un peu trop. Seulement, elle, elle retombe toujours sur ses pattes. Un vrai chat. Chuck, lui, il est plutôt du genre tartine beurrée. Et après, qui passe pour nettoyer ? C'est Dave. C'est-à-dire moi. Mais je retourne à mon histoire.

La journée, donc, avait commencé comme prévu. En ne voyant ni Chuck ni Vera dans la cour du collège, en arrivant, j'aurais dû commencer à me méfier. Mais après tout, en cette période de l'année, l'école buissonnière est sinon autorisée, du moins à peu près tolérée, alors...

Vers le milieu de la matinée, on a frappé à la porte de la classe. Quelle ne fut pas ma surprise de voir Chuck, l'air grave et les mains dans le dos, s'avancer vers Mrs Loxley.

– Eh bien, M. Ronson, lui a-t-elle demandé, que se passe-t-il ?

– Je viens chercher mon cousin Dave, a répondu Chuck. C'est familial.

Mrs Loxley a froncé les sourcils, et demandé plus d'explications. Alors, Chuck lui a tendu une feuille de papier qu'elle a dépliée puis lue avec attention. Après quoi, elle lui a rendu en déclarant :

– Cela m'a l'air en ordre. Est-ce que M. le directeur est au courant ?

– Bien entendu, a répondu Chuck.

Je ne savais pas de quoi il pouvait bien s'agir, mais j'étais certain d'une chose : Chuck mentait. Je le connaissais suffisamment bien pour le repérer à 10 miles. Seulement, il m'avait mis devant le fait accompli : je ne pouvais pas refuser de le suivre, sans quoi, je risquais de lui attirer des ennuis. Alors, avec la bénédiction de Mrs Loxley qui nous souhaitait bon courage, j'ai plié mes affaires, salué la classe, et suivi mon cousin dans le couloir. Une fois que nous avons été suffisamment loin, j'ai demandé :

– Chuck, tu peux m'expliquer ?

– La tante Sophia est morte.

J'ai attendu un moment, puis j'ai dit :

– En effet. Elle est morte. Elle est même morte l'été dernier.

– Disons qu'elle est… re-morte. Enfin que ça nous arrange bien qu'elle soit plutôt morte aujourd'hui. Attends, chut, il faut demander au concierge de nous ouvrir.

M. Hamilton, le préposé à la grille, nous a jeté un regard compatissant tout en nous rendant notre liberté. Moi, ça me faisait un peu mal au cœur de me payer sa tête, mais on n'avait plus le choix. Une fois le portail refermé, je suis revenu à l'attaque :

– Bon, tu me racontes tout, maintenant ? Je suppose qu'il y a du Vera dans le coup ?

À ces mots, j'ai senti que quelqu'un se jetait sur mon dos et s'accrochait à mon cou, comme quand on joue au cheval. C'était signé.

– Vera ?, j'ai demandé. On joue à quoi, là ? Tu es sûre que c'est le moment ? On est encore devant le collège.

Elle est descendue de mon dos, tout sourire. Elle m'a dit :

– Toujours aussi sérieux, hein, Dave ?

– Je ne suis pas sérieux, je suis méfiant. Qu'est-ce qu'on fait dehors, là ? C'est quoi, ce mot que Chuck a passé à Mrs Loxley ?

Je ne pouvais pas lui faire davantage plaisir qu'en lui posant cette question :

– Ah, ça, c'est mon petit chef-d'œuvre ! Chuck a récupéré un document qui datait de la mort de votre tante, l'année dernière, et moi, avec l'ordinateur, j'ai fait en sorte qu'il ait l'air de dater d'aujourd'hui. On dirait un vrai, non ?

– Je ne sais pas, je ne veux pas le savoir. Bon, Vera, si tu me disais tout de suite ce que tu as en tête ?

Elle a pris son air mystérieux, les yeux à moitié plissés, un index tendu vers moi :

– Tu aimes les Blackboard Circles, pas vrai ?

Quelle question ! Les Blackboard Circles, c'était le groupe de rock le plus en vue du moment. En à peine un an, ils avaient pris d'assaut les radios, la télé, Internet, et bien sûr tous les magasins de disques. On n'aurait pas pu trouver une fille qui n'avait pas collé une photo de Thomas Fitzgerald, le chanteur, dans son agenda, et pas un garçon qui ne rêvait de savoir jouer comme Tosh McGee, le guitariste (Chuck y travaille, mais il est encore loin du compte). Bref, je faisais partie des fans, comme 90 % des jeunes Anglais qui ont des oreilles.

J'ai haussé les épaules :

– Tu sais très bien que oui. Et alors ?

– Si tu es fan, tu dois savoir qu'ils font leur premier grand concert ce soir ?

– Oui, évidemment. Les places se sont vendues en 3 minutes sur Internet. De toutes les manières, c'était trop cher, et je n'avais personne pour m'y emmener.

– On en est tous les trois au même point. Et pourtant, on va pouvoir les entendre quand même !

– Bah, oui, à la télé, je suppose. Mais c'est pas pareil.

Là, Vera avait vraiment l'air de triompher. Je sentais qu'elle faisait doucement monter le suspense avant de me lâcher la vérité :

– Si je te dis qu'on va pouvoir les voir en vrai, comme personne ne les verra ce soir ?

– Alors, je te dirai que tu es folle.

On longeait le petit muret de briques qui délimitait le parc. J'avais peur qu'on nous surprenne, mais après tout, nos parents travaillaient à l'autre bout de la ville. Il n'y avait pas trop de raison que l'on tombe sur eux. Vera a patienté un petit moment, et finalement, elle a déclaré :

- Eh bien, non, je ne suis pas folle! Tu connais mon père?

- Oui, et?

- Il a un cousin... qui travaille au stade où le concert va avoir lieu. Il était à la maison hier soir. C'est un type un peu bizarre, mon père ne le voit pas souvent. Mais il connaît le stade comme sa poche, évidemment.

Les choses devenaient intéressantes.

- Oh... et il a pu t'avoir des billets?

Vera a secoué la tête:

- Non. Mais il connaît un passage, qui part d'un petit abri à l'arrière du stade et aboutit à une espèce de local technique. Et ce local donne juste sur le côté de la scène. Il y a une grille d'où on peut voir toute la scène. Enfin, c'est ce que le cousin de mon père prétend.

Je commençais à un peu mieux comprendre ce que Vera tramait.

- D'accord, et tu veux qu'on y aille, c'est bien ça? Pourquoi maintenant? Le concert, c'est ce soir.

Chuck n'avait pas dit grand-chose, mais la perspective semblait beaucoup le mettre en transe. Rouge comme un piment, il s'est écrié:

- Mais Dave, si on y va maintenant, on va pouvoir les regarder répéter! C'est encore mieux que le vrai concert! Je vais étudier toutes les techniques de Tosh McGee!

J'étais un peu sceptique, bien sûr, alors j'ai demandé :

- Mais si ce passage existe vraiment, Vera, il doit être fermé, non?

- Justement : le cousin a la clé, et il m'a promis qu'il laisserait la porte d'accès ouverte pour nous à partir de 11 h. C'est pour ça qu'on est pressés!

- Mais... Il fait ça pour toi? Il sait que ça va te faire sécher les cours et tout et tout? Et ton père, il en pense quoi?

- Bah...

- Il est pas au courant, pas vrai? T'as vu ça en douce avec le cousin? Ça a l'air d'être un drôle de gars!

Elle n'a pas su quoi répondre tout de suite, et puis, elle a fini par me dire :

- *Keep calm* et profite de la journée! On sèche pas vraiment, c'est les vacances dans une semaine.

- Dans 10 jours.

- Oui, bon, ça change quoi ?

- Ben, maintenant, plus grand-chose, de toutes les manières.

J'ai essayé de faire le compte de tout ce qui pouvait mal tourner dans cette histoire, mais cela m'a très vite donné mal à la tête. Quoi qu'il en soit, je ne pouvais plus tellement reculer ; et puis, au fond, j'étais aussi excité que Chuck et Vera. Il faisait déjà un peu chaud, alors j'ai retiré la veste de mon uniforme. La journée nous appartenait.

CHAPITRE II

Dans le bus, ou plutôt les bus, qui nous amenaient au stade, j'avais l'impression que tous les adultes nous dévisageaient et nous jugeaient. Comme si on portait une pancarte « on sèche les cours ». Vera n'avait pas l'air de s'en soucier beaucoup, et Chuck était trop occupé à jouer de l'Air Guitar. Vous savez, c'est quand on mime un solo de guitare en se donnant à fond – et qu'on a l'air parfaitement ridicule. En général, on fait ça chez soi, dans sa salle de bains, par exemple, histoire de ne pas être vu : mais mon cousin n'a jamais eu ce genre de scrupules.

Le stade se trouvait très à l'ouest de Londres. Dans un coin où l'on ne va jamais... sauf pour aller au stade. Autant dire que depuis le borough de Highgate, où se trouve notre collège, cela fait un drôle de bout de chemin. On ne s'en rend pas forcément compte en regardant une carte, mais à Londres, les distances deviennent vite gigantesques.

Vera regardait l'heure sur sa montre de plus en plus fréquemment. Elle était de toute évidence très nerveuse, parce que tout à coup, elle a demandé à Chuck d'arrêter ses singeries. Il s'est recroquevillé au fond de son siège comme si un professeur venait de lui taper sur les doigts.

Au bout d'un moment, le dernier bus s'est un peu vidé, et on en a profité pour monter à l'étage, tout devant. En général, ce sont les touristes qui se pressent pour y aller, mais on ne va pas se mentir : même en ayant toujours vécu à Londres, on aime bien le faire aussi. Surtout quand il fait beau. On remarque des choses qu'on ne voit pas forcément quand on marche dans la rue, on se sent plus grand.

Enfin, on a aperçu la silhouette colossale du stade, droit devant nous. J'y étais déjà venu avec mon père, mais pour des matches de foot, pas pour de la musique. Vera ne tenait pas en place et s'est levée pour sautiller sur place. Chuck, lui, a fait une bulle de chewing-gum plus grosse que sa tête ; cela devait être sa manière à lui de manifester sa joie. Évidemment, les environs étaient encore déserts. Certains fans commenceraient sans doute à camper près de l'entrée en début d'après-midi, mais on avait un peu d'avance sur eux.

On est descendus du bus en courant ; moi aussi, je commençais à être un peu fébrile. On était séparés de l'enceinte principale par la ligne de chemin de fer, mais au lieu de chercher le passage pour les piétons, Vera nous a fait aller vers l'ouest, en direction d'une espèce de grande pelouse. Là, on s'est engagés le long d'un petit chemin baptisé St Michael's Avenue. Une fois sur l'herbe, Vera a piqué droit sur une espèce de petit abri en béton. Elle avait dû étudier le coin toute la nuit sur Internet, parce qu'on avait l'impression qu'elle le connaissait par cœur. L'abri n'était pas fermé, et Vera a poussé un cri de triomphe :

– C'est là ! Le cousin de mon père a tenu sa promesse ! On va pouvoir y aller.

– C'est là ?, j'ai demandé. Là quoi ? Tu es sûre de ton coup ?

– Affirmatif ! On entre, et on prend des escaliers souterrains. Ça va nous mener tout droit sous la voie ferrée, puis sous le stade, jusqu'au local technique dont je vous ai parlé.

– J'ai trop hâte d'y être, a dit Chuck d'un ton rêveur.

J'étais d'accord pour qu'on essaie, mais j'avais quand même une petite réserve :

22

– Bon, ben j'espère que c'est éclairé, parce qu'il y a l'air d'avoir un bout de chemin jusqu'au stade, hein.

À ce moment-là, Chuck a sorti quelque chose de sa poche. C'était une lampe, un peu comme celle des policiers mais beaucoup plus petite. Je n'en revenais pas :

– Chuck ? Tu as pensé à prendre une lampe ? Tu as pensé à quelque chose de pratique ? Il va neiger ! T'es sûr que tu vas bien ? Pas de fièvre ?

Chuck a eu l'air vexé :

– Oh, c'est bon. De temps en temps, moi aussi, je peux réfléchir.

– Je sais bien, cousin, mais c'est juste que je ne voudrais pas que tu tombes malade !

Vera a ri ; Chuck s'est renfrogné.

On est entrés dans l'abri. Il n'était éclairé que par la lumière de l'extérieur, qui filtrait à travers des carreaux très épais. Après avoir refermé la porte, on n'y voyait plus grand-chose. Vera a farfouillé un peu, et puis on n'a pas tardé à trouver l'entrée de l'escalier, sous une planche. On s'est regardés, on s'est souri, et puis on y est allés. Vera en premier, comme d'habitude, suivie de Chuck et de moi. On a descendu une bonne trentaine de marches, pour se retrouver dans un long tunnel bétonné. Il était éclairé par quelques ampoules pas très puissantes, et assez éloignées les unes des autres. Au moins, on n'avait pas besoin de la lampe de poche. Le sol était à peu près sec ; il faut dire que ça faisait un moment qu'il n'avait pas plu.

Au bout de quelques minutes, Vera a dit :

– Je me demande combien de temps ça va nous prendre, c'est interminable ! Dave, toi qui sais toujours tout ?

– On ne doit plus être très loin. On est certainement déjà passés sous la voie ferrée. Je pense qu'on ne va pas tarder à dépasser l'enceinte du stade.

À ce moment-là, Chuck s'est raidi comme un chien d'arrêt ; tellement brusquement que je me suis cogné contre son dos. Il a levé le doigt en l'air, et il nous a dit, aussi essoufflé que s'il avait couru un cent mètres :

– Écoutez !

On a écouté, mais on n'a rien entendu. J'ai demandé :

– Il y a quelque chose à entendre ?

Il a agité la tête comme ces petits chiens à ressort qu'on met parfois à l'arrière des voitures :

- Mais oui! L'arpège de guitare, là! Vous êtes sourds, ou quoi?

On a tendu l'oreille. On a même arrêté de respirer pour faire encore moins de bruit. Et là, effectivement, on a entendu un vague son qui pouvait ressembler à de la musique. Chuck, ça avait dû être un berger allemand dans une autre vie, parce que lui, il avait l'air d'entendre tout ça comme si les musiciens étaient à côté de nous :

- Vous ne reconnaissez pas l'intro de *Elevator to Heaven*?

J'ai secoué la tête :

– Si tu le dis, je te crois. J'entends bien quelque chose, en tout cas.

Vera, toute rouge, s'est mise à sautiller sur place :

– Ça veut dire qu'ils ont commencé à jouer! C'est génial, on y est presque! Oh, ce que je suis excitée!

– Ah? Ben ça se voit pas du tout, j'ai dit en riant.

On a continué à avancer, et la musique s'est faite un peu plus nette. Elle commençait même à remplir tout le passage, et résonnait de manière un peu bizarre entre les murs de béton. Moi aussi, j'ai eu le cœur qui s'est mis à battre la chamade. Jusque-là, j'étais encore un peu honteux de ne pas être allé en cours, mais finalement, ça valait sûrement le coup. Il y avait quand même un truc bizarre : on entendait la batterie, la guitare, un peu la basse... mais personne ne chantait. Je me suis dit que ça tenait à l'acoustique du tunnel. En parlant du tunnel, il avait oublié d'être rectiligne. On avait dépassé plusieurs intersections, et j'aurais été bien en peine de dire si on allait vers l'ouest, le nord, le sud, etc. Mais Vera, qui ouvrait toujours la marche, ne semblait pas perdue; telle que je la connaissais, elle avait dû apprendre par cœur le trajet que lui avait expliqué le fameux cousin. Heureusement qu'elle était là, parce que ça devenait un vrai labyrinthe.

C'est alors qu'il s'est passé la chose à laquelle on ne pouvait pas s'attendre.

Comme la musique était de plus en plus forte, on n'a pas entendu les bruits de pas. Et pourtant, quelqu'un venait bel et bien vers nous. En courant. Mais le tunnel n'était pas droit, et on n'avait pas pu le voir arriver de loin. On s'est retrouvés nez à nez après un virage ; en fait, on s'est même rentrés dedans comme aux autos-tamponneuses. Vera est tombée sur les fesses, ce qui a fait tomber aussi Chuck, puis moi. Immédiatement, la personne a poussé un cri. Du coup, par solidarité, sans doute, Vera en a fait de même. Le concert de hurlements s'est poursuivi quelques secondes - même si ça m'a semblé plus long. Et puis, des deux côtés, on s'est décidés à se calmer et à regarder ce qui se passait.

J'ai mis un petit moment pour réaliser. Mon cerveau se refusait à valider l'information que lui envoyaient mes yeux. Je me suis dit que j'étais devenu fou, que j'y voyais mal dans le tunnel, qu'il y avait une illusion d'optique, ou qu'on nous faisait une farce.

Mais en réalité, pas du tout. Ma vue fonctionnait très bien. La personne qui venait de nous rentrer dedans, c'était bel et bien Thomas Fitzgerald, le chanteur des Blackboard Circles.

C'était tellement bizarre de se retrouver avec lui dans ce couloir à peine éclairé, alors qu'on le pensait sur scène à répéter avec les autres, que ni Chuck, ni Vera ni moi n'avons eu de réaction. On est restés un moment assis par terre à l'observer sans comprendre. Lui-même n'avait pas l'air de s'attendre à rencontrer quelqu'un. Il avait l'air un peu paniqué, d'ailleurs, et pas du tout souriant comme dans les vidéos ou sur les photos. Il a fini par reculer d'un pas, et pendant qu'on se relevait, il a demandé :

– Qui... qui êtes-vous ? Qu'est-ce que vous faites là ?

– Thomas..., a murmuré Vera d'une voix éteinte.

– Thomas..., a bredouillé Chuck.

Quant à moi, j'ai fait un vague «euh, euh» pas tellement plus probant.

Thomas – puisque c'était bien lui – s'est mordu la lèvre inférieure; il avait l'air vraiment très stressé. Et puis, il a repris :

– La sortie... C'est par où? Par là? Vous pouvez me montrer?

On ne savait pas quoi répondre. Alors, il a insisté :

– Il faut que je sorte! Vous ne voulez pas me montrer la sortie? Je ne peux pas rester là.

C'était Vera qui pouvait le guider. Certainement pas moi, et encore moins Chuck. Mais Vera, elle avait la bouche ouverte, et ressemblait à un poisson rouge à qui l'on vient de vider son bocal. Je l'ai secouée, pour la ramener un peu à la réalité :

- Ah, la sortie... Euh oui, oui, je peux vous montrer la sortie. Bien sûr. Je... Mais... Vous... Enfin vous êtes...

- Je suis Thomas Fitzgerald, oui, allez, je ne vais pas vous mentir. Et j'ai besoin de vous.

Thomas Fitzgerald, notre idole, avait besoin de nous. Ça sonnait bizarrement dans ma tête. Tellement bizarrement, en fait, que sur le coup, je ne me suis même plus demandé pourquoi il était dans un souterrain, en direction de la sortie, et pas sur scène en train de jouer avec le reste du groupe. Vera, tout à coup, n'était plus tellement sûre d'elle. Elle nous a fait signe de la suivre, et on lui a emboîté le pas tous les trois sans dire un mot. Thomas semblait vraiment très pressé de s'échapper du tunnel, et il avait des gestes très empressés.

Vera nous a un peu perdus, au début ; sans doute le choc de voir en chair et en os le gars avec lequel elle avait redécoré sa chambre, son casier, et que sais-je encore. Et puis, elle a repris ses esprits, et même si je n'avais aucun sens de l'orientation, j'ai su qu'on revenait à notre point de départ. Bientôt, on s'est retrouvés devant les marches qu'on avait descendues en arrivant, puis dans le petit abri en béton. La porte était toujours ouverte. Et on n'avait peut-être pas vu le groupe répéter, mais Thomas Fitzgerald, le chanteur, était avec nous. Pourquoi ? Le mystère restait entier, et je sentais qu'il allait s'épaissir encore un peu au fil de la journée.

Chapitre III

On était tous les quatre à l'air libre, sur la grande pelouse qui, je l'ai appris après, répondait au nom de Sherrans Farm. Thomas avait l'air particulièrement stressé, et jetait des coups d'œil nerveux autour de lui. On se serait crus dans un film d'espionnage, quand le héros a peur de se faire abattre par un tireur embusqué. Mais c'était sans doute les fans qu'il craignait ; en un sens, il n'avait pas tort de s'en méfier.

Chuck, toujours taciturne, a fini par dire quelque chose mais, comme d'habitude, cela tombait comme un cheveu sur la soupe :

– M. Fitzgerald ? C'est bien un *ré* majeur septième, le premier accord de *See The Night* ?

Thomas est resté interdit ; il s'attendait sûrement à tout sauf à cette question. Nous aussi, d'ailleurs. Mais gentiment, bien qu'un peu hébété, le chanteur a répondu :

– Euh, non, c'est bien un *ré*, mais un *ré* Sus4.

– Ah, zut, je me disais bien que ça sonnait pas comme sur le disque, a fait Chuck en tapant du pied.

Après un petit flottement, Thomas a déclaré :

– Bon, merci de m'avoir sorti de là. Je vais vous laisser, j'ai quelque chose à faire de très important. Passez une bonne journée. Salut.

Il nous a tourné le dos et s'est éloigné d'un pas pressé et pas très assuré. Mais il n'y avait personne à la ronde, il ne craignait rien pour le moment. Alors, j'ai fait quelque chose dont je ne me serais pas cru capable ; j'ai planté Chuck et Vera sur place, et je lui ai couru après. En m'entendant arriver, Thomas s'est raidi comme un piquet :

– Quoi ? Qu'est-ce que tu veux ?, il m'a demandé.

– Vous aider.

– Vous m'avez déjà bien aidé pour sortir du tunnel. Merci encore. Maintenant, j'ai à faire, et je n'ai pas besoin de vous.

– Je pense que si, monsieur. Si je peux me permettre.

Il m'a regardé d'un air très suspicieux. Vera et Chuck nous ont rejoints, et j'ai expliqué le fond de ma pensée :

– Vous me corrigez si je me trompe, mais à vous voir, vous n'êtes pas supposé être là. Les autres membres du groupe ne savent pas où vous êtes, pas vrai ? Vous vous êtes éclipsé euh... en douce ?

Il a eu l'air un peu en colère, et m'a répliqué :

– Écoute, petit, tout ça, c'est mes affaires.

Je ne me suis pas démonté :

– Bien sûr, monsieur. On n'a pas à savoir pourquoi vous êtes parti en laissant votre groupe derrière vous. À quelques heures de votre plus grand concert. Mais j'ai quand même l'impression que vous tenez à rester discret. Et bon, là, il n'y a pas grand monde. Mais si vous prenez un bus ou le métro tout seul, vous allez créer une émeute.

Il n'a rien répondu, et j'ai continué :

– Tandis que si on est avec vous, ben... Vous aurez l'air d'un grand frère qui se promène avec sa famille. On fera moins attention à vous, je vous le garantis.

Il a haussé les épaules.

– Je comptais prendre un taxi. Je serai parfaitement tranquille.

Là, il a mis la main dans ses poches machinalement. Et il a blémi en disant :

– Oh mince... mon portefeuille...

– Vous l'avez laissé là-bas, c'est ça ?, j'ai demandé.

Il a hoché la tête avec un air aussi navré que mon père quand je lui ramène une note en maths. Puis, il a ajouté :

– Je ne peux pas y retourner. Là, tout le monde doit me chercher.

Vera est intervenue :

– On a de l'argent de poche ! On peut vous payer un ticket.

Il a regardé sa montre, grommelé, avant de déclarer :

– Bon. Je pense que je n'ai plus le choix, maintenant. En route. Mais vous restez discrets, hein, les gamins ? Je suis in-co-gni-to !

– Comptez sur nous ! a-t-on répondu en chœur.

Tout à coup, il a pris un air méfiant :

– Dites-moi, au fait... L'école n'est pas terminée, si ? Qu'est-ce que vous faites dehors ? Attention, je ne veux pas d'ennuis !

Je dois bien avouer une chose pas très glorieuse : de nous trois, c'était moi qui mentait le mieux. Alors, j'ai rétorqué avec beaucoup d'assurance :

– Aucun souci. Notre collège était fermé aujourd'hui. C'est un peu... les vacances avant l'heure !

Cela avait l'air de lui suffire :

– Bon, eh bien... Ok, dans ce cas. C'est parti.

* * *

On a décidé de repartir vers le centre-ville par le métro, qui se trouvait un peu au nord du stade. On aurait pu arriver par là, d'ailleurs, mais le métro, c'est tout de même moins drôle, plus compliqué, et pas toujours plus rapide. L'accès à la station Wembley Park consiste en une longue route pavée appelée Olympic Way, bordée par des immeubles modernes, et évidemment quelques marchands de burgers, hot dogs, boissons... tout ce qui est mauvais pour la santé, d'après nos parents, et dont on a envie de s'empiffrer à longueur de journée ! Juste avant la station, on passe sous un pont, et les parois latérales du tunnel sont décorées par des mosaïques. Beaucoup d'entre elles représentent un match de foot, bien sûr, mais il y en a aussi une où l'on voit un groupe de rock en train de jouer et des fans en délire. En passant devant, Thomas a eu l'air un peu embarrassé, comme s'il comprenait seulement maintenant qu'il était peut-être en train de faire une bêtise. Mais on ne s'est pas attardés : il valait mieux lever le camp rapidement. Alors, on a monté les marches qui mènent à la station, perchée en hauteur plutôt qu'enfouie sous terre comme dans le cœur de Londres. On a pris les billets, et Thomas nous a remerciés avec un sourire un peu forcé. On pouvait se mettre à sa place : il n'avait pas trop prévu de se retrouver avec trois gamins comme nous (ou même, pas comme nous, d'ailleurs) pendus à ses baskets.

– J'ai un ticket pour voyager !, a-t-il finalement déclaré en faisant un clin d'œil.

À cette heure de la journée, on ne peut pas dire qu'il y avait foule. Bien sûr, le métro londonien n'est jamais totalement désert. Mais là, on était loin de la frénésie des heures de pointe. Les gens avaient l'air assez calmes, et déambulaient dans les couloirs sans faire attention à nous. Pour le moment du moins. On a attendu patiemment que le métro arrive, sur le quai, sans savoir trop quoi dire. C'était un peu un retour à la réalité. Chuck, Vera et moi, on réalisait ce que tout cela avait de bizarre. Parce que maintenant que le choc de la rencontre était un peu passé, Thomas, il nous apparaissait au fond drôlement normal. Il devait avoir l'âge de mes grands cousins, il respirait comme nous, suait comme nous, parlait comme nous... Bref, c'était un être humain. Je sais bien que c'est bête à écrire, mais à le voir dans les journaux, à la télé, sur Internet, on avait fini par penser que, peut-être, c'était une sorte de super-héros. Je n'arrivais pas vraiment à savoir si ça me faisait plaisir ou si ça me décevait.

Une fois que le métro est arrivé à quai, on est montés en silence à l'intérieur, et on s'est assis en rang d'oignons sur une banquette. Chuck a commencé à rêvasser en regardant les publicités qui tapissaient le haut de la rame. Puis, alors que personne n'avait desserré les dents depuis plusieurs minutes, il a demandé :

– Vous pensez que ça marche ?

– Quoi ?, j'ai fait.

– Le truc pour arrêter de ronfler, là !

Il a tendu un doigt vers l'une des pubs. Juste dessous, il y avait une dame à l'air assez renfrogné qui nous a fusillés du regard.

- Tu ronfles ?, a demandé Vera.

Chuck a eu l'air soudain très gêné. Tellement qu'il a baissé la tête, et rougi comme un plant de tomates.

- Euh, oui, un peu. Enfin... beaucoup, en réalité.

Ça énerve les parents. Ils disent qu'ils m'entendent depuis l'étage du bas.

– Ben dis donc, a rétorqué Vera d'un air songeur.

Il y a eu un nouveau silence, et comme ça commençait à devenir franchement pénible, j'ai décidé d'amener Thomas dans la conversation.

– Et v... vous ?, j'ai fait.

– Moi quoi ?

– C'est-à-dire... on parlait de ronflements. Est-ce que...

– Tu veux savoir si je ronfle ? Ça t'intéresse vraiment ? Tu travailles pour un magazine people, en vrai, c'est ça ?

Il avait le visage drôlement fermé. J'ai eu très peur de l'avoir froissé. Et, il faut bien le dire, c'était peut-être la question la plus débile qu'on pouvait poser à une rock star comme lui. Mais heureusement, finalement, il a souri et m'a dit :

– Je garde ces petits secrets pour moi, si ça ne te dérange pas.

Bon, on avait échappé à la catastrophe et ça l'avait un peu détendu. Du coup, on s'est mis à discuter de

tout et de rien. Il nous a demandé comment le collège se passait. Vera et moi, on a répondu « bien », et énuméré nos matières préférées. Chuck a menti, puisqu'il a aussi répondu « bien ». Il brûlait d'envie de parler de guitare, ça se voyait comme le nez au milieu de la figure. Mais comme il était intimidé, il n'osait rien tenter.

Au bout d'un moment, comme les stations défilaient, Vera a demandé :

– Excusez-moi, mais... On va où, au fait ?

Thomas s'est frotté le menton, et il a dit :

– Je ne sais pas. Je ne sais pas encore.

– Je ne veux pas avoir l'air d'insister, mais comment vous pouvez ne pas savoir où vous voulez aller ?

J'avais peur que ça le braque, mais au fond, il devait être reconnaissant qu'on lui soit venus en aide. Alors, il nous a fait une réponse plutôt gentille :

– Disons que je sais où je veux aller. Mais je ne sais pas encore comment.

– Bon, on arrête de poser des questions, alors, a fait Vera en haussant les épaules.

On est descendus de la rame à Baker Street. En voyant sur le quai toutes ces mosaïques qui forment le profil de Sherlock Holmes, je me suis dit que, décidément, il faudrait que j'aille un jour visiter son musée. Mais on n'est pas remontés à la surface tout de suite : Thomas, très sûr de lui, semblait vouloir changer pour prendre la Central Line. Il s'est alors mis à faire un drôle de bruit, et j'ai compris au bout d'un moment qu'il imitait le son d'un saxophone. Ce qu'il chantait me disait quelque chose, et il s'attendait sûrement à ce que ça fasse un peu plus que nous dire quelque chose, parce qu'il s'est tourné vers nous et a dit :

– Pas mal, non, le solo ? C'est l'endroit idéal, pas vrai ?

En voyant nos mines ahuries, il s'est un peu rembruni et a ajouté :

– Non, mais vous avez reconnu, non ?

On n'a pas secoué la tête, mais on n'avait pas l'air très convaincu non plus. Il a haussé les épaules, puis déclaré en levant les yeux au ciel :

– Aucune culture, ces jeunes. Et dire qu'ils se prétendent fans de rock ! Aie pitié d'eux, Gerry !

Je me suis dit que ça ferait un mystère de plus à éclaircir un de ces jours.

C'est quelques mètres plus loin que la première catastrophe de la journée a eu lieu. Enfin, une catastrophe... Cela aurait pu beaucoup plus mal tourner, à vrai dire.

On s'apprêtait à rejoindre le bon quai - ici, à Londres, on dit d'ailleurs « plateforme » - quand une musique familière est parvenue à nos oreilles. J'ai vu Vera qui se mettait à taper sur sa cuisse en rythme, Chuck à chantonner les paroles. Quant à Thomas, on aurait dit un chien de chasse qui vient de repérer un lapin. Il s'est raidi d'un coup, aux aguets, à chercher avec de petits coups de tête d'où venait le bruit. On n'a d'ailleurs pas mis longtemps à trouver : installé le long d'un mur, à un endroit où le tunnel faisait un coude, il y avait un musicien avec un chapeau posé devant lui (et quelques pièces dedans), une guitare électrique autour du cou reliée à un petit ampli à piles. Et ce musicien était en train de jouer une chanson des Blackboard Circles intitulée *Hang On To Myself*. Une chanson de Thomas. Le problème, c'est qu'il ne la chantait pas très bien, comme Chuck s'en est tout de suite ému :

- Il y a un problème, c'est un *la* mineur qu'il faut jouer au début du refrain, s'est indigné mon cousin.

- Exactement!, a acquiescé Thomas. Je peux pas laisser passer ça.

- Mmm, vous êtes sûr?, j'ai demandé. Moi, je passerais mon chemin, très sincèrement.

Mais je parlais désormais dans le vide. Thomas a foncé vers le musicien, et avec des grands moulinets des bras, il lui a fait signe d'arrêter. Le musicien n'avait pas l'air ravi, et j'ai senti de l'électricité dans l'air :

- Qu'est-ce que tu me veux, mec?, a-t-il fait en s'accoudant sur le manche de son instrument. La musique ne te plaît pas? Dans ce cas, tu peux aller voir ailleurs si j'y suis. Enfin, si j'y suis pas.

Thomas, un peu désarçonné par cette agressivité, a répliqué sur un mode plus pacifique :

- Non, c'est cool. C'est juste que tu te trompes.

- Ah ouais? Je me trompe? Raconte-moi ça.

- Ce ne sont pas les bons accords. Et tu la prends trop haut.

- Trop haut, a répété le musicien (trois fois de suite). Ben tiens... Tu penses avoir une meilleure oreille que moi, c'est ça?

- Pas du tout, c'est juste que c'est moi qui...

J'ai senti qu'il allait faire une gaffe. LA gaffe. J'ai improvisé comme j'ai pu : je lui ai mis un coup de pied dans les fesses. Chuck m'a regardé avec des yeux ronds, comme si j'avais commis un sacrilège ou pire, une profanation. Vera en a laissé tomber le chewing-gum qu'elle mastiquait encore. Je suis resté quelques instants à attendre la réaction de Thomas. Mais, par miracle, il avait l'air d'avoir compris le message. Un peu surpris, tout de même, il a vaguement bégayé :

– ... c'est juste que j'ai vu la transcription sur Internet, et que ça avait l'air de mieux coller que ce que tu fais.

Le musicien a soupiré.

– Écoute, mec, j'essaie juste de gagner un peu d'argent, je fais pas un concert au Royal Albert Hall. Et j'ai pas trop l'habitude qu'on vienne m'empêcher de jouer.

– Je sais. Mais je... j'adore cette chanson et ça m'ennuie que tu ne la fasses pas bien.

– Ça t'ennuie... Voyez-vous ça.

Le musicien a regardé derrière nous. Une dame d'un certain âge nous a dépassés lentement, suivie,

de très loin, par un jeune homme élégant. Alors, le musicien a fait :

– Bon, écoute, il n'y a pas foule, aujourd'hui. Alors si tu te crois si malin, t'as qu'à la jouer à ma place. On verra si tu feras mieux.

Je crois que Thomas n'attendait que ça parce que ni une, ni deux, il s'est emparé de la guitare de l'autre gars, a passé la sangle autour de son cou, et a commencé à jouer. Et chanter.

J'ai alors senti quelque chose de très froid et limite gluant qui m'effleurait. J'ai pensé qu'il y avait peut-être une limace géante qui me grimpait dessus (à Londres, tout est possible), mais après vérification, c'était beaucoup plus simple : Chuck venait de m'attraper la main. Il avait aussi attrapé celle de Vera, dont la moue légèrement dégoûtée me laissait penser qu'elle n'avait pas compris tout de suite, elle non plus, ce qui lui arrivait. Ce pauvre Chuck était totalement moite de voir notre idole pousser la chansonnette à quelques pas de nous. À un mètre à peine. J'ai pensé qu'il nous serrait comme ça parce qu'il voulait qu'on soit tous les trois tout proches les uns des autres pendant ce petit moment, mais la vérité, c'est qu'il s'accrochait à ce qu'il pouvait pour ne pas tomber. Si on n'avait pas été là, il serait tombé dans les pommes, j'en suis à peu près certain.

La prestation de Thomas était géniale. Pendant un moment, je me suis dit que ce n'était pas la peine de le voir en concert avec le reste du groupe, parce qu'on avait, là, le plus beau concert que l'on pouvait

imaginer. Rien que pour nous et les quelques indivi-
dus qui passaient dans le métro sans même y faire
attention. S'ils avaient su que l'un des musiciens les
plus célèbres du pays se trouvait sous leurs yeux ! J'en
avais la chair de poule, moi aussi. Thomas chantait
un peu moins juste que sur les disques, sa voix était
plus fragile, mais je me disais que c'était, sans doute,
parce qu'il n'y avait pas tous les effets du studio, la
voix des autres... Et Vera s'était probablement fait la
même réflexion parce que, tout à coup, j'ai entendu
sa voix se mêler à celle de Thomas. C'est qu'elle
chantait déjà bien, notre Vera ! Et bien sûr, en bonne
fan, elle connaissait les paroles par cœur. Au début,
Thomas a froncé les sourcils, en mode « de quel droit
tu te mêles de ma chanson ? » ; mais rapidement, il a
souri, et a même eu l'air de trouver l'interprétation de
Vera à son goût.

Ça a continué comme ça une petite minute encore.
Moi, je me contentais d'écouter et de laisser Chuck-
la-limace me broyer les doigts (je me demandais si
on allait réussir à le détacher une fois le morceau
terminé).

Quand Thomas a joué le dernier accord, on a eu

l'impression de sortir d'un rêve. Comme le matin, quand nos mères viennent nous réveiller pour qu'on aille prendre le petit déjeuner, se préparer pour l'école, etc. Le musicien n'avait pas perdu une miette de toute la scène, et observait Thomas avec une pointe de scepticisme. En récupérant sa guitare, il a juste dit :

– Mouais. Pas mal. Mais je ne suis toujours pas convaincu. Je continue à penser que tu te trompes d'accord. C'est sûr, tu ne la chantes pas mal. Enfin, t'es encore loin de Thomas Fitzgerald, mais je reconnais que tu te débrouilles. Sans rancune ?

Il a tendu la main à Thomas qui a hésité une seconde (ça doit être un peu déstabilisant quand quelqu'un vous dit que vous n'êtes pas tout à fait à la hauteur de vous-même), puis l'a imité. Après cette poignée de mains, ils se sont fait signe et on a poursuivi notre route.

– Comment vous m'avez trouvée ?, a demandé Vera sans plus attendre.

– Héhé, tu te débrouilles bien. C'est drôle, tu as la voix plus grave que j'aurais pensé. Mais tes harmonies sont bien justes. Bravo.

Vera s'est tournée vers nous et nous a tiré la langue.

Chez elle, c'était un signe de victoire, pas vraiment d'agressivité. Quant à Chuck, comme prévu, il était plongé dans une espèce de torpeur, et la chaleur regagnait petit à petit son corps. Je me demandais s'il survivrait à un concert entier dans ces conditions.

On est remontés dans une nouvelle rame et, cette fois, on est descendus à Oxford Circus. Rien à voir avec un cirque, d'ailleurs : Oxford Circus, c'est un énorme rond-point dont partent plusieurs grandes artères londoniennes. La plus connue, c'est Oxford Street. Une rue gigantesque, interminable, avec une boutique à chaque pas. Mon père prétend qu'elle a un peu perdu de son charme d'antan, qu'on y trouve les mêmes magasins que partout ailleurs. Et je crois même qu'il a pleuré quand le grand magasin de disques qui s'y trouvait depuis des dizaines d'années a fermé (pour rouvrir un peu plus loin, sur une surface minuscule). L'autre grande rue, c'est Regent Street. Les magasins y sont un peu plus chics, plus rares aussi. Les bâtiments, parfois décorés de colonnades, donnent l'impression de se promener dans un décor de cinéma. On n'y vient pas souvent, avec Chuck et Vera, parce qu'on a presque l'impression d'être trop pauvres pour respirer le même air que tous les milliardaires qui viennent y faire leurs emplettes. Et pourtant, c'est là que Thomas avait décidé d'aller. La journée était un peu plus avancée, le trafic s'était densifié. Là, au cœur de la capitale, on était plus anonyme que jamais. Personne de notre collège ne risquait de nous mettre la main au collet, pas plus qu'on ne risquait de croiser nos parents. Alors, on a emboîté le pas à Thomas, sans même plus chercher à savoir ce qu'il pouvait bien fabriquer. On faisait bien l'école buissonnière : pourquoi pas lui également ?

Chapitre IV

Thomas avait pris un peu d'avance sur nous. On le suivait en trottant comme on pouvait, car le fait est qu'il avait de très longues jambes. Il a bifurqué dans Great Marlborough Street, et a encore accéléré le mouvement.

– Je crois que je sais ce qui lui arrive, nous a dit Chuck avec un air de comploteur.

– Ah? on a fait sur le même ton étonné, Vera et moi.

– Oui. Je pense qu'il y a un contrat sur sa tête. Et qu'il essaie de fuir.

- Un contrat ?, a répété Vera. Qu'est-ce que tu veux dire ?

- Oh, tu sais bien, a martelé Chuck comme si Vera venait d'énoncer une énormité.

Il a tendu l'index et le majeur pour figurer un pistolet avec sa main.

- Attends, tu veux parler d'un contrat comme dans les films de mafia, Chuck ? Tu es malade, ou quoi ?

Chuck, embarrassé, a poursuivi :

- Ça me semble évident, pourtant. Je pense que la mafia a exigé que Thomas les paie. Il a refusé. Alors il prend la fuite.

Mais notre Vera était coriace :

- Et il s'enfuit en plein milieu d'une répétition ? Tu ne penses pas que si c'était le cas, il aurait pu un peu mieux préparer son coup ? Par exemple, je ne sais pas... en prenant au moins un peu d'argent avec lui ?

- Va savoir : on n'est pas à sa place.

- Non, on n'est pas à sa place, c'est sûr ! Mais je pense que tu dis n'importe quoi. Tu crois vraiment que s'il avait des tueurs à ses trousses, il prendrait le temps de faire une petite pause-chanson dans le métro ? Un peu de sérieux, allez !

Je suis intervenu :

- Je ne veux pas me mêler de votre conversation, mais je suis de l'avis de Vera, mon vieux. Il m'a l'air assez moyennement stressé, pour quelqu'un dont la tête serait mise à prix.

- Bah, je... Je ne sais plus trop. C'est l'explication qui me semblait la plus simple.

- La plus simple..., ai-je répété pensivement.

Au bout de pas très longtemps, on a obliqué sur notre gauche dans une rue. Une rue dont je connaissais le nom, bien entendu, sans y être encore jamais allé : Carnaby Street. En plus de figurer sur une plaque, à flanc d'immeuble, ces deux mots s'étalaient sur une grande enseigne métallique, en arc de cercle, qui joignaient les deux côtés de la rue. Une rue piétonne, aux couleurs d'arc-en-ciel : à peine avions-nous dépassé l'arche qu'un cortège de façades jaunes, vertes, orange, violettes, bleues, s'est déroulé autour de nous. Dans les années 1960, Carnaby Street était la rue à la mode. Aujourd'hui, les choses ont bien sûr changé un peu, mais la légende est toujours là, et on tente de la faire vivre comme on peut. Vera, Chuck et moi, on s'est mis à dévorer des yeux ces boutiques qui abritaient des vêtements extravagants, des objets bizarres, et je ne pouvais de mon côté m'empêcher d'imaginer à quoi tout cela avait pu ressembler à l'époque où les Beatles, les Stones et les Kinks étaient les maîtres de Londres.

Seulement, dans le feu de l'action, on avait omis un détail : nous n'étions plus dans un couloir de métro désert et mal éclairé, mais dans l'une des rues les plus passantes au monde. Et statistiquement, quelqu'un allait forcément reconnaître Thomas. Cela s'est vérifié au bout de deux minutes à peine. Nous sommes tombés face à face avec deux touristes japonaises, qui sirotaient un soda tout en échangeant leurs impressions (du moins, c'est ce que je pouvais imaginer). Leur regard a croisé celui de Thomas, et ni une ni deux, elles se sont écriées :

« Sugoiiiii ! Tomasu Fuitsugerarudo ! »

C'était presque beau, la parfaite harmonie de leur cri. Vue la manière dont elles avaient prononcé le nom de Thomas, je n'étais pas certain que les passants avaient pu réellement comprendre ce qu'elles venaient d'hurler. Seulement, elles l'avaient fait avec un tel volume sonore que tout le monde - même les bébés dans leur poussette, à mon avis - avait tourné la tête vers nous en même temps. On est restés figés sur place, et là, j'ai vraiment cru qu'on venait d'être transportés dans un film de zombies. Les promeneurs, touristes et Londoniens pur jus ont commencé à s'approcher de nous d'un pas lent, la tête penchée comme si ça les aidait à mieux voir. Et ils avaient beau avancer, je n'arrivais pas à faire un geste. J'étais comme paralysé par l'avancée de cette meute. Tout à coup, Vera, toujours plus vive que n'importe quel garçon, a attrapé Thomas par la manche et lui a dit :

– Courez !

Elle n'a pas eu besoin de le répéter deux fois. On s'est élancés tous les quatre droit devant nous, et à ce même moment, toute la foule qui s'était amassée a fait de même. Cette fois, on entendait distinctement «Thomas Fitzgerald», décliné à toutes les octaves,

toutes les intensités, tous les timbres. J'avais le cœur qui battait à tout rompre, et les cris des fans me vrillaient les tympans. C'était comme un nuage de sauterelles, prêt à nous passer dessus et nous dévorer vivants.

Je ne sais pas combien de temps on a couru. Vera, qui était de loin la meilleure coureuse d'entre nous, menait notre échappée, tournant à chaque coin de rue pour mieux semer nos poursuivants. Finalement, alors qu'on se trouvait dans une toute petite ruelle, on a vu une porte métallique entrouverte. Une petite camionnette était garée juste à côté, on avait dû décharger de la marchandise. On s'est engouffrés à l'intérieur du bâtiment, en refermant derrière nous.

Il nous a fallu une bonne minute avant de reprendre notre souffle. Derrière le panneau en métal, on a entendu des bruits de pas confus, encore des cris... On nous cherchait toujours : ce n'était pas le moment de se faire remarquer.

Quand les bruits se sont calmés, et seulement à ce moment-là, on a commencé à s'intéresser un peu à l'endroit où l'on se trouvait. C'était une sorte de hangar à vêtements, pas très grand, qui devait communiquer avec une boutique. Les murs étaient garnis d'étagères chargées de sacs et de caisses, et sur une table, au centre, on avait amassé à la va-vite plusieurs cartons. Quatre ou cinq mannequins habillés de pied en cap paraissaient nous observer. D'un œil réprobateur, ça va sans dire. C'était Vera qui, d'entre nous, était la plus portée sur la mode. Elle a commencé à fouiner à droite, à gauche, pour finalement sortir un chapeau d'une caisse et s'en affubler. C'était un feutre à larges bords, rouge sang.

– J'ai l'air de quoi ?, a-t-elle fait en prenant la pose.

– D'une folle, ai-je répondu sans réfléchir.

Elle a ri, reposé le chapeau en me disant :

– Tu n'y connais rien, de toutes les manières.

– Moi, je trouve qu'il t'allait très bien, ce chapeau, est intervenu Chuck.

Vera a frappé dans ses mains :

– Ah, enfin un qui a du goût ! Et sans le chapeau ?

– Hein, quoi ?

– Sans le chapeau, tu me trouves toujours jolie, Chuck ?

C'était la question à ne pas poser. Évidemment qu'il la trouvait jolie. Seulement voilà : quand on

trouve qu'une fille est jolie, pour une raison qui m'échappe encore un peu, on fait tout pour qu'elle ne l'apprenne surtout pas. Logiquement, ça devrait être le contraire. Mais non, on ne le fait jamais. Pour qu'elle ne se « fasse pas d'idées ». Sauf qu'au fond de nous, on aimerait bien qu'elle s'en fasse, des idées, justement. N'importe quel garçon un peu timide aurait été embêté pour répondre à cette question. Mais Chuck était plus qu'un garçon timide, c'était un extraterrestre. J'ai senti que son cerveau était rentré dans une boucle infernale, et qu'il allait bientôt faire un court-circuit. Alors, j'ai tenté de lui sauver la vie :

- Bon, et moi, tu ne me poses pas la question ?

- Oh, toi, Dave, tu as des idées tellement bizarres, je préfère même pas savoir. Non, je posais la question à...

Elle n'a pas terminé sa phrase parce que, comme on pouvait s'y attendre (pardon : comme on aurait dû s'y attendre), quelqu'un venait d'entrer dans l'arrière-boutique. Ce qui n'était pas totalement anormal à cette heure de la journée. C'était une jeune femme aux cheveux raides et aux yeux en amande, avec une très belle robe verte à pois blancs et un collier en ambre. Il faisait assez sombre dans la pièce, et j'avais encore l'espoir qu'elle ne reconnaisse pas Thomas.

« Oh, mon dieu, Thomas Fitzgerald des Blackboard Circles ! »

s'est-elle écriée au bout d'un dixième de seconde. C'était donc raté.

Thomas a avancé vers la demoiselle, alors qu'elle commençait à être agitée de soubresauts. Puis, il lui a pris doucement la main, et là, elle a fondu en larmes. Je crois que Thomas n'avait pas tout à fait prévu cette réaction, parce qu'il est resté planté avec l'air un peu bête, il faut bien l'admettre, pendant qu'elle gémissait :

– Il m'a touchée ! Il m'a touchée ! Oh, mon dieu, je ne me laverai plus jamais !

– Euh, mademoiselle, calmez-vous, a tenté Thomas. Quel est votre prénom ?

– As... Astriiiiiid. Oh, mon dieu, mon dieu, mon dieu !

Elle a continué à pleurer pendant deux minutes. C'était très, très embarrassant. Finalement, quand elle a repris ses esprits, Thomas lui a demandé :

– Astrid, on a besoin de votre aide. Pourriez-vous ouvrir la porte par laquelle on est entrés, celle qui donne dans la ruelle, et nous dire si la voie est libre ?

– B... bien sûr... Je vais voir. Oh là là, oh là là !

Vera, toujours pleine d'à-propos, s'est alors interposée entre la sortie et la dénommée Astrid.

- Une minute! Même si on sort, c'est reculer pour mieux sauter. On va finir par vous reconnaître à nouveau, Thomas. C'est obligé. On a déjà eu de la chance d'arriver jusqu'ici en ne déclenchant qu'une seule émeute.

- Et qu'est-ce que tu proposes, grosse maligne?, ai-je demandé.

Vera a ouvert les bras :

- Ben regarde! Tu vois tous ces accessoires, tous ces vêtements? Il faut déguiser Thomas. On ne doit pas le reconnaître.

J'ai fait la moue :

- Mouais... Mais je suppose que quand Thomas sort, d'habitude, il a sa méthode à lui pour ne pas être reconnu. Non?

Thomas a baissé les yeux comme un petit garçon qu'on a privé de bonbons :

- C'est-à-dire que... je ne sors presque plus. Enfin quand je sors, c'est en voiture avec chauffeur, pour aller d'un point A à un point B. Et arrivé au point B, il y a mes amis, les gens que je connais. Sinon, c'est trop compliqué, il se passe ce que vous venez de voir.

– Mais vous ne pouvez même pas aller faire vos courses ?, s'est inquiétée Vera.

– Non. On les fait pour moi.

– Mais le cinéma ? Vous n'allez pas au cinéma ?, a demandé Chuck.

– Non. J'ai tout l'équipement chez moi.

– Mais même, pour prendre l'air, juste l'air ?, ai-je fait avec consternation.

– Je suis obligé d'aller à la campagne. Pas possible en ville. Et pas seulement à Londres, d'ailleurs : toutes les villes !

– Eh bien, ça doit pas être marrant, s'est lamentée Vera.

Thomas a mis les mains dans ses poches, et a juste répondu :

– Bah... Il y a des bons côtés.

Tout cela ne nous faisait pas tellement avancer, et au vu de ce que Thomas venait d'expliquer, la solution de Vera n'était pas forcément la pire. Je me suis donc permis de demander :

– Bon, mademoiselle, puisque c'est comme ça, vous auriez quelque chose pour notre ami Thomas ? Quelque chose pour qu'il passe inaperçu ?

– Euh, Dave... a commencé Chuck.

– Oui, quoi ?

– On a un peu d'argent sur nous, mais... on n'aura pas de quoi payer tout ça.

Je n'y avais pas pensé. Heureusement, Astrid était trop contente d'annoncer :

– Aucun problème avec ça. Prenez ce que vous voulez.

– C'est gentil, a dit Thomas, mais je ne veux pas que vous ayez des ennuis avec votre patron.

– Oh, c'est ma boutique, ici. La patronne, c'est moi. Oh, Thomas... vous permettez que je vous appelle Thomas ? C'est ici chez vous. C'est un honneur ! Vous permettez ?

Évidemment : le selfie de circonstance. Astrid a dégainé un téléphone portable, bien caché dans la poche de sa robe, et s'est rapprochée de Thomas, qui a pris sa plus belle tête de vedette, pouce levé. Astrid a pris la photo puis contemplé le cliché avec davantage de recueillement que si elle venait de tomber nez à nez avec la Joconde. Puis, le professionnalisme reprenant le dessus, elle a commencé à s'agiter comme une toupie entre les étagères et les caisses. Quelques secondes plus tard, on avait devant nous un tas de vêtements, d'accessoires, et même une perruque. C'était peut-être ça qui allait faire la différence.

- Je crois que tout cela ira bien avec votre visage, a-t-elle déclaré avec fierté.

Tout en commençant son essayage (perruque, donc, mais aussi lunettes, colliers, chapeau, foulard), Thomas a demandé :

- Dites-moi... Il y a toujours un pub qui s'appelle le Glass Onion, dans la rue ?

Astrid a plissé les yeux, comme si elle cherchait l'information dans un coin de sa mémoire. Puis, elle a répété :

- Glass Onion... Je suis installée ici depuis trois ans et ça ne me dit rien du tout. Mais il y a des tas de pubs très sympas dans les environs. Si vous voulez, hum...

Elle était désormais plus rouge que nos fameux bus. Elle a cherché un moment le courage de dire la suite, puis :

- ...si vous voulez, je peux vous emmener dans mon préféré ! Enfin, je veux dire : quand vous aurez un moment. Je vois bien que vous êtes pressé, aujourd'hui. Mais vous savez où me trouver, désormais.

– C'est gentil à vous, j'y penserai, a fait Thomas d'un air terriblement déçu. Vous êtes certaine que vous n'en avez jamais entendu parler?

– Ah oui, vraiment certaine. Je ne vous mènerais pas en bateau, vous savez.

– Bon... Tant pis. Il va falloir trouver une autre piste.

Ce pub pouvait-il avoir un rapport avec l'escapade de Thomas? Il se serait échappé juste pour aller y boire un coup? Cela paraissait assez peu probable. Mais là était sans doute une partie de la solution de toute cette énigme.

Thomas était désormais paré pour ressortir. On n'osait pas trop faire de remarques, mais c'était un look assez spécial que lui avait concocté cette brave Astrid. La perruque était blond platine et lui tombait aux épaules. Il portait des lunettes octogonales avec des verres fumés qui tiraient vers le bleu, et un gilet avec des zébrures psychédéliques. En fait, il avait l'air de sortir tout droit de l'un des disques de mon père (que je lui pique d'ailleurs de temps en temps).

J'étais assez partagé sur ce que je voyais. C'est sûr, Thomas ne ressemblait plus à Thomas. Il n'était donc pas facilement identifiable dans la rue. Mais d'un autre côté, on ne pouvait pas dire que son accoutrement était le summum de la discrétion, et on risquait malgré tout d'attirer l'attention sur nous. Enfin, on était à Londres, et les gens bizarrement habillés, ça courait les rues. La stratégie n'était donc pas forcément mauvaise. En tout cas, c'était à tenter. J'ai jeté un regard vers Chuck et Vera : on se connaissait suffisamment bien pour se faire comprendre sans dire un mot. Et en l'occurrence, ils approuvaient. Thomas semblait satisfait : on pouvait donc reprendre notre chemin.

Au moment de passer la porte, Thomas s'est penché vers Astrid, qui nous suivait de près, et lui a dit :

– Merci pour tout ce que vous avez fait. Je ne l'oublierai pas, croyez-moi !

Et il lui a fait un bisou sur le front.

Je pense que le gros bruit qu'on a entendu trois secondes plus tard, alors qu'on était déjà dans la rue, c'était cette pauvre Astrid qui tombait dans les pommes.

Chapitre V

Thomas avait décidément l'air très contrarié de ne pas avoir trouvé son pub. On n'osait pas lui demander pourquoi, bien sûr, et de toutes les manières, il ne nous aurait sûrement pas répondu. Moi, je commençais à me demander s'il ne cherchait pas quelqu'un en particulier, sans trop savoir par où commencer.

Après un moment à errer dans les rues autour de Carnaby Street, on a pu remarquer que plus personne ne faisait attention à nous. Le déguisement de Thomas avait l'air un peu grotesque, sans doute, mais au moins, le camouflage fonctionnait. On pouvait déambuler sans déclencher une mini-révolution. Finalement, Thomas, un peu plus détendu, nous a demandé :

– Bon, vous devez avoir faim, n'est-ce pas ? On pourrait aller se prendre quelque chose ?

– Euh, oui, j'ai dit. Mais on peut pas prendre quelque chose de trop cher, parce qu'on n'a toujours pas beaucoup d'argent sur nous.

Il s'est frappé le front.

– Ah oui, c'est vrai, j'oubliais, encore cette histoire. Bon, vous avez combien ?

On a vidé nos poches. Moi, je n'avais pas grand-chose, parce que je n'avais pas prévu cette escapade. Vera et Chuck étaient un peu mieux dotés. L'un dans l'autre, ça laissait de quoi s'offrir un petit en-cas, nous quatre, et de quoi se racheter des tickets de métro ou de bus.

Thomas, requinqué à l'idée de manger – il devait être debout depuis assez longtemps – s'est écrié :

– Parfait, alors ! On va se prendre un bon fish & chips, venez !

Le fish & chips, c'était le plat à emporter préféré de nos grands-parents. J'étais étonné que Thomas soit aussi enthousiaste à l'idée d'en manger un, parce qu'aujourd'hui, à Londres, il y a tellement d'autres possibilités plus appétissantes ! Moi, je rêvais d'un bon gros burger. Mais pourquoi pas un fish & chips, après tout : vu notre budget, c'était peut-être, au fond, la seule chose consistante que l'on pouvait s'offrir.

On a marché un bon moment, histoire de trouver le pub qui faisait les tarifs les plus bas. On a finalement jeté notre dévolu sur un petit restaurant, tout en longueur, qui ne possédait que quatre tables. On s'est affalés autour, fourbus.

Les plats n'ont pas tardé à être servis. Je mentirais en disant que c'était le meilleur fish & chips que j'ai mangé de ma vie et, du reste, je ne suis pas un grand fan de poisson (j'ai diagnostiqué le mien comme étant du cabillaud). Mais avec la petite sauce blanche et les frites, ça passait bien. Et puis, je crois que j'aurais avalé n'importe quoi, à ce stade de la journée.

Chuck, pourtant peu enclin à la fantaisie, a subitement coincé une frite de chaque côté de sa bouche, comme s'il avait deux défenses. Et sans trop pouvoir desserrer les lèvres, il s'est exclamé :

« Je suis le morse ! Goo-goo-goo-joob ! »

Vera l'a regardé avec des yeux ronds. Moi, j'ai froncé les sourcils. Mais Thomas, lui, a éclaté de rire.

C'était d'ailleurs la première fois depuis notre rencontre qu'on le voyait montrer un signe spontané de vraie bonne humeur.

– Je vois que tu as de bonnes références, Chuck, bravo!, a-t-il dit en mettant une tape dans le dos à mon cousin. Ce dernier a failli s'étouffer avec ses frites tellement il était heureux. Pour le coup, ça, ça nous a fait rire, Vera et moi. Chuck, voyant qu'on n'avait pas compris sa blague de départ, nous a quand même

expliqué qu'il faisait allusion à une chanson des Beatles, *I Am The Walrus* («je suis le morse», donc). On aurait dû s'en douter, venant de Chuck.

On a continué notre repas dans cette bonne atmosphère, sous l'œil neutre du patron, occupé à nettoyer son plan de travail. Une fois nos assiettes vides, j'ai vu comme un nuage qui passait sur le visage de Thomas, et j'ai compris qu'il allait falloir nous remettre en route.

En se levant, il nous a dit :

– Merci pour ce repas, les enfants. Je vous revaudrai ça.

– Tout le plaisir était pour nous!, s'est empressée de répondre Vera.

– Je n'en doute pas, mais... Il faut toujours payer ses dettes. Moi, aujourd'hui, c'est ce que j'essaie de faire. J'espère qu'on va y arriver.

On a marché jusqu'à Piccadilly Circus. L'autre grand poumon de Londres! Depuis tout petit, je suis fasciné par ces grandes enseignes lumineuses, ces néons clignotants, ces écrans, qui illuminent la place la nuit. Mais le jour, ce n'est pas mal non plus :

on peut difficilement imaginer une activité plus intense. Il faut dire que dans les rues avoisinantes s'alignent les théâtres et les salles de spectacles pour les comédies musicales, dont la présence se densifie alors que l'on se dirige vers Leicester Square. Des galeries marchandes ont ouvert sous certaines arcades, et il y aurait de quoi y laisser tout son argent de poche. Mes parents m'ont toujours interdit de me promener par ici tout seul, parce que dès que l'on s'éloigne un peu du « circus », les rues deviennent vite assez mal famées. Sur la place, dans le temps, il y avait un grand magasin de disques, m'avait expliqué mon père. Mais il a disparu comme beaucoup d'autres quand j'étais plus jeune. J'ai déjà vu mon père pleurer à moitié (après deux bières) en parlant à ses copains de la disparition de tous ces magasins. Ça me fait un peu de peine aussi de ne jamais les connaître.

Thomas nous a fait reprendre le métro. Cette fois, je crois qu'il avait pour idée d'aller dans le sud de la ville, en empruntant la Piccadilly Line bien nommée. On l'a suivi sans poser de questions. Sa perruque avait l'air de pas mal le démanger, mais on l'a supplié de la garder : on n'avait pas envie de se remettre à courir dans tous les sens.

Le trajet s'est bien passé, et on est descendus à Gloucester Road. Chuck nous a alors dit :

– Ça doit être dur, quand même, pour les étrangers.

– De quoi ?, ai-je demandé.

– Gloucester. Pourquoi on prononce ça « Gloster » ? On dirait qu'on fait exprès de mettre des pièges. C'est comme Leicester Square... Tu te rappelles quand on avait eu les correspondants français ? Ils disaient « laï-cess-teur ». Aucun n'arrivait à admettre que ça se prononçait comme « Lester ».

– Je n'y avais jamais pensé, j'avoue. Maintenant que tu le dis... Regarde où tu mets les pieds : attention à la marche !

De l'extérieur, on a pu admirer la station de métro, toute en briques jaunes. Elle ne déparait pas dans ce beau quartier, tellement loin de chez nous qu'on avait presque l'impression d'avoir changé de ville. Tout était très chic, par ici. Les hôtels, nichés dans de beaux bâtiments du XVIIIe siècle, étaient nombreux. Et les immeubles d'habitation, eux aussi, avaient beaucoup d'allure. Mais en s'éloignant de la station pour aller encore un peu plus au sud, comme avait l'air de vouloir le faire Thomas, on retombait dans des quartiers un peu plus populaires, avec des commerces de proximité, des petits restaurants, des pubs, et des bâtiments moins hauts. Finalement, Thomas a obliqué dans une petite rue tellement vite que je n'ai même pas réussi à lire son nom. Et à notre grande horreur, au bout de celle-ci, nous avons immédiatement aperçu la forme menaçante et sinistre... d'une école.

– Ah non !, a gémi Vera. On n'a pas fait tout ce chemin juste pour ça ! J'ai l'impression de retourner en prison !

– Bon, en même temps, ce n'est pas la nôtre, j'ai répondu. Mais c'est sûr que j'aurais bien aimé visiter autre chose, aujourd'hui.

Thomas nous avait entendus. Avec une voix apaisante, il nous a dit :

– Ne vous inquiétez pas. Vous n'êtes vraiment pas obligés d'entrer avec moi. Il faut juste que je demande quelque chose. J'espère qu'on pourra me renseigner.

C'était une école qui ressemblait beaucoup à la nôtre ; en briques rouges, ancienne, et séparée de la rue par une grille hérissée de pointes. Il ne manquait plus qu'un type dans une tour avec un fusil. Rien que de la contempler, j'en avais mal au ventre.

Thomas a sonné à la grille, et au bout d'un moment, un monsieur âgé est venu lui ouvrir. Nous, on est restés en retrait. J'ai vu que Thomas discutait ferme avec le concierge - je suppose que c'en était un - et puis finalement, ils se sont dirigés vers l'intérieur du bâtiment. On est restés là tous les trois, sur le trottoir, à ne pas savoir quoi faire.

– Vous en pensez quoi ?, a demandé Vera.

– Je ne sais plus trop. Chuck, tu as une idée ?

– Moi ? Non. Mais j'abandonne définitivement la piste de la mafia, vous aviez raison, les copains.

– Merci, a fait Vera, tu nous soulages drôlement. Bon, de toute évidence, il cherche quelqu'un, notre ami Thomas.

J'ai réfléchi un moment, puis :

– Qui il peut bien chercher dans un pub, puis dans une école ?

– Va savoir. Il n'avait pas l'air très sûr de son coup non plus. En tout cas...

– Oui, Vera ?

– Eh bien... je trouve ça presque plus drôle que d'aller à un concert, au fond. On est avec notre idole, on a une chance de folie !

– C'est ce que j'étais en train de me demander. Pourquoi on a de la chance, au fond ? Je veux dire, quand il ne chante pas... Est-ce que Thomas est plus intéressant que n'importe qui ?

Chuck et Vera m'ont regardé comme si je venais de les insulter. En fait, j'avais l'impression que Vera était prête à me coller un direct dans le nez :

– Qu'est-ce que tu racontes ?

- Oh là, du calme. Ce que je veux dire, c'est que quand un artiste très connu n'est pas en train « d'exercer son art », eh bien, c'est quelqu'un de normal. J'ai du mal à me faire à cette idée. Je ne pensais pas que le chanteur des Blackboard Circles pouvait avoir faim, par exemple.

- Mais tout le monde a faim, enfin !, s'est exclamée Vera.

- Oui, oui, je sais. Mais quand vous le voyez à la télé, sur Internet, dans les journaux, vous pensez qu'il peut avoir faim ? Soif ? Qu'il peut être de mauvaise humeur, triste, tout ça ? Maintenant que l'on a passé plusieurs heures avec lui, je n'ai plus vraiment l'impression d'être avec une star. Ça pourrait être, je ne sais pas... notre cousin ? Il a quel âge, au fait ? Chuck, tu dois savoir ça ?

Évidemment, qu'il le savait :

- 21 ans depuis le 17 février !

- 21 ans, j'ai répété. Vous vous rendez compte qu'il n'est pas tellement plus vieux que nous ? L'école, pour lui, ce n'est pas si loin. Je me demande ce qu'il y a dans sa tête, quand même. Ça doit être difficile, de devenir aussi connu en quelques années. On n'est personne, et paf, d'un seul coup, tout le monde vous admire.

Chuck, les poings enfoncés dans les poches de son pantalon, a alors déclaré :

– Bah, moi, ça ne me dérange pas qu'il soit « normal », Thomas. Au contraire, ça me rassure. Parce que je me dis que je pourrais devenir comme lui, peut-être un jour. Il n'est pas né dans l'espace, quoi. À mon âge, il devait être comme moi, à gratouiller sa guitare et à faire des chansons. Ça me donne de l'espoir.

– Quand même, a fait Vera rêveusement, je ne me rendais pas compte que son quotidien était si pénible. Ne pas pouvoir circuler librement, ne pas pouvoir se faire un ciné quand il en a envie... Tu aimerais avoir cette vie, Chuck ? Ça ne ressemble pas tant que ça à un conte de fées, finalement.

– Non, c'est vrai, ça a pas l'air d'être que marrant. Mais ce qui est génial, c'est de pouvoir vivre de ce qu'on aime. Et moi, à part la musique... Enfin vous savez. Oh mon dieu !

Sur le coup, Vera et moi, on n'a pas trop compris la raison de son exclamation. On pensait, bêtement, que c'était la suite de ce qu'il disait juste avant. Mais en fait, pas du tout. Chuck était devenu blême, et regardait fixement quelque chose devant lui. C'est-à-dire, derrière nous. Bien sûr, on a été tentés de tourner la tête, mais il a immédiatement grincé entre ses dents :

– Ne bougez pas. Surtout pas.

– Tu peux nous dire ce qui se passe ?, s'est inquiétée Vera.

– Vera, ton père a bien une vieille Volkswagen Beetle ?

– Oui, une vraie guimbarde. Mais il refuse de s'en séparer. C'est sa première voiture, il ne la sort presque jamais, mais il en est très fier... Mais on a bien sûr aussi une plus gr...

– Et elle est blanche, pas vrai ?

– Oui, pourquoi ?

– Et elle ne serait pas immatriculée LMW281F ?

– Si...

– C'est bien le souvenir que j'en avais, a déclaré Chuck d'une voix tremblante. Ce qui signifie que ton père est garé juste derrière vous.

Ça a été à notre tour de changer de couleur. Vera a verdi, comme un trèfle. Et moi, j'ai soudain senti mes jambes devenir aussi molles que du coton.

– Qu'est-ce... qu'est-ce qu'il fait là ? Il est dans la voiture ?, s'est empressée Vera.

– Je ne sais pas. Je n'ai pas l'impression. Mais ce qui m'ennuie, c'est que la voiture a ses feux de détresse qui clignotent, là.

J'ai lâché :

– Ouh là là. Ça veut dire que s'il n'est pas dans sa voiture, il ne va pas tarder.

– Je ne comprends pas, je ne comprends vraiment pas, a bégayé Vera. Papa ne la sort que pour les grandes occasions. Genre l'anniversaire de mariage. Il avait déjà cette voiture quand il a rencontré maman. Il trouve ça romantique de la promener à travers Londres comme quand ils avaient 18 ans.

J'ai un peu hésité avant de poser ma question suivante, mais elle me semblait importante :

– Par curiosité, Vera... c'est quand l'anniversaire de mariage de tes parents ?

– Laisse-moi réfléchir. Je sais que c'est fin juin...

– Fin juin, hein ? Genre... aujourd'hui ?

Vera a compté sur ses doigts, puis, la bouche tordue, elle a dit :

– C'est ça... C'est aujourd'hui. Et zut. Mais qu'est-ce qu'il fait ici ? D'après la prof de géo, Londres, ça fait $1\,572$ km². 1572 ! Pourquoi il faut qu'on se croise à 20 kilomètres de la maison ? Pourquoi ? Ah, je deviens fooooolle !

Timidement, Chuck a dit :

– Euh... vous ne pensez pas qu'on devrait bouger avant que le père de Vera revienne ?

C'était une suggestion pleine de bon sens, qui nous a arrachés à notre panique un peu passive. Mais où se cacher ? On a improvisé comme on a pu, et on s'est réfugiés entre deux voitures garées le long du trottoir, accroupis. Ce n'était pas une si mauvaise cachette, sauf si le père de Vera arrivait de derrière nous et passait à notre hauteur. Dans notre malheur, on a quand même eu un peu de chance : c'est de l'autre côté qu'il s'est amené. Sauf qu'à son bras, il y avait... la mère de Vera. Je devais en avoir le cœur net :

– Vera, par curiosité, ce quartier aurait-il le moindre rapport avec l'anniversaire de mariage de tes parents ? Ils se sont rencontrés où ?

Vera a eu une moue songeuse, puis a déclaré :

– De mémoire, maman était étudiante en arts. Elle était allée au Musée d'Histoire Naturelle pour dessiner des squelettes de dinosaures. Papa était étudiant en sciences, ils s'y sont croisés.

Chuck a plissé les yeux puis, sans rien dire, il a tendu un doigt vers une pancarte, à quelques mètres de nous. Elle indiquait la direction du Musée d'Histoire Naturelle.

– Oh non !, a fait Vera. Je n'avais pas réalisé que c'était si proche ! On est à côté, en fait ! C'est un cauchemar ! Ils y vont sûrement en pèlerinage !

J'ai murmuré :

– Parle moins fort. Bon, ce n'est peut-être pas si grave. Ils vont aller au musée, et au moins, on saura qu'ils sont là. Nous, on n'aura plus qu'à décamper vite fait. Je me demande ce que fabrique Thomas ?

Pendant qu'on parlait, les parents de Vera sont montés en voiture, et ils ont démarré, sans doute à la recherche d'une vraie place pour se garer (parce qu'encore une seconde ici, et un agent de police aurait surgi pour les verbaliser). Nous étions soulagés pour le moment, mais aucun de nous n'avait envie de traîner dans les parages.

On est sortis de notre cachette, encore tremblant de ce qui aurait pu arriver si Chuck n'avait pas eu l'œil aussi vif. Alors, derrière nous, on a entendu une voix qui faisait :

– Hey ! Les enfants !

Je peux même pas expliquer la trouille que ça nous a collée. Chuck s'est retrouvé accroché à la grille de l'école, comme un ouistiti. Vera s'est transformée en flaque, et moi, je pense que mes cheveux se sont dressés sur ma tête. Quand on a vu que c'était Thomas qui était enfin sorti, on s'est sentis tout bêtes et tout vides.

– Bon, les enfants a-t-il dit d'un air gai, je pense que je ne vais plus avoir besoin de vous trop longtemps !

J'ai l'information qui me manquait, on touche au but, et on a même beaucoup de chance !

– P... pourquoi ?, a bredouillé Vera.

– Parce que notre prochaine «étape», si j'ose dire, est à deux pas ! Direction le Musée d'Histoire Naturelle !

Je crois que rien ne préparait Thomas aux têtes qu'on a faites...

Chapitre VI

C'était un peu compliqué de lui expliquer la vérité, de fait. Ou plutôt, ça aurait rendu les choses encore plus confuses qu'elles ne l'étaient déjà. Parce qu'officiellement, on n'avait jamais dit à Thomas que nous étions en train de sécher les cours. Si on l'avait fait, il nous aurait sans doute ramenés au collège par la peau des fesses : quand on sèche, on est considéré comme un fugueur. Et si c'est un adulte qui nous incite à fuguer, il peut avoir de gros problèmes à son tour. D'ailleurs, un peu plus tôt ce matin, je lui avais dit, les yeux dans les yeux, qu'on était blancs comme neige question école. Je pouvais difficilement revenir sur ça maintenant.

Il n'empêche : cela s'annonçait comme un drôle de numéro de slalom, cette histoire de musée. Le moindre faux pas, et c'était la catastrophe : les parents de Vera la puniraient, puis préviendraient ceux de Chuck et les miens, et Thomas risquait de s'attirer de gros ennuis. On y est donc allés avec les pieds de plomb.

Le point positif, c'est que ce musée, je ne l'avais encore jamais visité. Et s'il n'y avait pas eu le stress de se faire repérer, je crois que j'y aurais pris beaucoup de plaisir. Ce bâtiment, c'était quelque chose ! C'est exactement comme ça que j'imaginais l'école des sorciers dans ce-que-vous-savez. L'entrée était formée par une grande volée de marches, assez majestueuse, qui aboutissait à un portique digne d'une cathédrale. Le portique était lui-même fabuleusement décoré. En cours d'histoire, on avait appris que ce genre d'ornementation était très populaire dans notre ville au XIXe siècle ; les architectes utilisaient une espèce particulière de terre cuite qui leur permettait de reproduire des décorations à grande échelle, sans qu'il y ait besoin de sculpter chaque détail. Le résultat ressemblait à de la dentelle, tellement c'était fin, précis et complexe. De chaque côté de l'entrée se dressaient deux immenses tours, depuis lesquelles couraient, de part et d'autre, une façade interminable garnie de hautes fenêtres, pareilles à celles qui accueillent les vitraux dans les églises. Ça avait un petit côté solennel, cette approche. En montant les marches (non sans regarder partout pour repérer la présence éventuelle des parents de Vera), j'avais vraiment l'impression qu'on allait basculer dans une autre dimension.

Ça s'est confirmé dès le moment où l'on a pénétré dans le hall d'entrée. Là nous attendait, paisiblement, un squelette de diplodocus. Ou de brontosaure, d'ailleurs ; je n'ai jamais bien su s'il y avait une différence entre ces deux bêtes, ou si c'était juste la même chose avec d'un côté un nom grec, de l'autre un nom latin. Je me suis promis de vérifier sur Wikipédia en rentrant.

Chuck n'avait pas l'air ravi d'être là. Je crois que les os de dinosaures, ça le motivait un peu moins dans la vie que la musique. En tout cas, c'est ce que j'ai

compris quand il s'est penché vers moi pour me dire :

– À ton avis, ça fait quel bruit si on lui tape sur les côtes avec un grand marteau ? Tu penses que ça fait comme un xylophone ?

– Je ne sais pas trop, Chuck. Je suppose que ça fait un son, oui, mais je ne suis pas persuadé que tu puisses vraiment faire de la musique avec.

Il m'a répondu d'un air déçu :

- Oh, ok. C'est que ça aurait un côté hyper-décalé, de jouer du squelette de dinosaure. Tu imagines le délire ?

- J'imagine surtout la taille de l'étui qu'il faudrait pour le transporter.

Moi, je plaisantais, mais Chuck, pas du tout :

- Oui, tu as raison... Mais ça doit se démonter ? Comme une flûte ou un saxophone ?

- Chuck, vu le temps que les roadies mettent à installer trois amplis, une batterie et deux pieds de micro, dans tous les concerts où on est allés jusqu'à présent, je n'ose pas imaginer à quelle heure les musiciens commenceraient à jouer s'il fallait en plus installer un brontosaure. Je veux pas te faire de peine, vieux, mais à mon avis, le mieux serait que tu abandonnes cette idée.

Il a acquiescé d'un signe de tête et s'est enfermé dans un mutisme qui devait durer encore plusieurs minutes.

Vera, de son côté, collait aux basques de Thomas, qui n'avait pas l'air très sûr de ce qu'il cherchait précisément - comme depuis le début de notre rencontre. Finalement, il s'est décidé à nous dire :

- Je cherche un des responsables du musée. Un monsieur Rigby, mais je ne connais pas son prénom. À l'école, on m'a dit qu'il travaillait probablement toujours ici. Peut-être que vous pourriez m'aider en le cherchant de votre côté ? On se donne trente minutes, et on se retrouve ici, devant le diplodocus ?

- Ça marche!, a fait Vera avec son enthousiasme naturel. On va vous le retrouver, votre monsieur

Rigby. Comptez-sur nous, on est des fins limiers.

– Thomas... ?, a alors demandé Chuck d'une voix traînante.

– Oui ?

– Vous pensez que ça fait quel son, quand on tape sur des os avec un marteau ?

Thomas l'a regardé avec des yeux ronds. Enfin, on avait un peu de mal à voir s'ils étaient vraiment ronds, parce qu'il portait toujours ses lunettes de Carnaby Street qui lui mangeaient presque tout le haut du visage. Ce qui est sûr, c'est qu'il n'a rien répondu, et je crois que c'était effectivement la meilleure attitude à avoir. De ce jour, Chuck n'a plus jamais posé cette question (du moins, à nous), et personne ne s'en porte plus mal.

Conformément à la demande de Thomas, on est partis tous les trois d'un côté, et lui de l'autre. L'intérieur du musée, il valait largement l'extérieur. Je crois que je n'arriverais même pas à décrire tout ce qui s'étalait sous nos yeux. Et cela, sans même parler de ce qui était exposé ! Un peu plus loin, devant nous, un escalier biscornu rejoignait les deux côtés d'une

grande travée centrale, toute carrelée et régulière-
ment décorée d'immenses arcs de maçonnerie. Sur
les étages supérieurs, on distinguait des galeries plus
ou moins étroites, sombres et mystérieuses. On avait,
forcément, envie d'aller s'y perdre. Mais pour une fois,
on a décidé d'être un tant soit peu méthodiques, et
on a gentiment obliqué vers la gauche. Là se trouvait
l'entrée d'une galerie dédiée aux petits copains du
diplodocus dans l'entrée. On pouvait y croiser, entre
autres choses, un tyrannosaure grandeur nature. Je
crois que plus jeune, j'étais très fan de dinosaures.
Comme tout le monde. Mais en grandissant, j'ai compris que si ces choses étaient encore vivantes, elles
n'auraient pas hésité à me dévorer tout cru. Depuis,
elles me sont un peu moins sympathiques. On a
croisé un préposé ; il nous a fallu un petit moment
pour comprendre qu'il ne faisait pas partie de l'exposition, mais que c'était un être humain qui respirait, et pouvait même parler. Et, de toute évidence,
cela faisait un sacré bout de temps qu'il travaillait
ici. On lui a donc demandé, en chœur, s'il connaissait un monsieur Rigby. Il a eu un petit rictus et nous
a répondu qu'il connaissait mieux sa fille. Puis, d'un

coup de menton, il a montré les autres visiteurs et nous a dit : «Regardez tous ces gens seuls!». Cette fois, même moi, j'ai compris l'allusion à la chanson *Eleanor Rigby* et son refrain. Elle était un peu facile, d'ailleurs, mais ça n'a pas empêché Chuck d'exploser de rire (dès que ça parle des Beatles, des Kinks, des Who ou des Cure, notre pote est très, très bon public). Voyant qu'il avait fait son petit effet, le préposé a serré la main de Chuck, qui a répété trois fois :

– Ah ah, franchement, c'était pas mal, monsieur!

La bonne nouvelle, tout de même, c'est qu'une fois ce moment de franche rigolade passé, on a eu une information de première main : M. Rigby, le vrai, travaillait bien ici, mais on avait davantage de chances de le trouver un peu plus loin, dans une galerie consacrée aux grands mammifères. On l'a remercié, et on a laissé les dinosaures à leur triste sort.

La salle où nous nous sommes rendus était, il faut l'avouer, assez spectaculaire. La décoration était beaucoup plus moderne que dans le reste du musée, l'atmosphère plus lumineuse. Et les «pensionnaires» gigantesques. La première chose que j'ai vue en rentrant, c'est une girafe. Une fausse, bien sûr, mais parfaitement reconstituée. On se serait crus au zoo. Un éléphant la regardait du coin de l'œil, d'un air de dire «elle m'énerve, elle, à être plus grande que moi!». C'est d'ailleurs à peu de choses près ce que le rhinocéros qui l'accompagnait devait penser de lui. Un peu plus loin, on apercevait un hippopotame (je n'aurais pas pensé que c'était aussi gros, et que ça avait l'air aussi peu sympathique), et même un requin suspendu à la voûte par des tiges en métal.

Mais le plat de résistance, si j'ose dire, éclipsait tout cela dans les grandes largeurs. À vrai dire, «elle» était tellement gigantesque que je ne l'avais même

pas remarquée en entrant, pensant qu'il s'agissait d'un élément de construction. « Elle », c'était une baleine bleue. Pas un squelette de baleine bleue ; lui, il pendait au-dessus d'elle, comme pour lui rappeler ce qui l'attendait. Non, une baleine échelle 1, comme on dit, entière, monstrueuse, avec une gueule qui, quoi que fermée, donnait l'impression qu'elle aurait pu engloutir un semi-remorque pour l'apéritif. On est restés tous les trois plantés à observer cet être incroyable pendant plusieurs minutes. On avait beau savoir qu'il ne s'agissait que d'une reconstitution en plastique (ou quelque chose d'approchant), le rendu était saisissant.

– Vous imaginez si elle éternue ?, a fait Chuck.

On n'a rien répondu une fois de plus, au risque de le vexer. Le fait est qu'on n'imaginait absolument pas un éternuement de baleine bleue.

Finalement, c'est Vera qui nous a secoués, en nous rappelant pourquoi on était là.

Je me rappelle qu'un jour, ma mère m'a expliqué ce que les chinois appellent le Tao. Le Tao, c'est une espèce de force qui nous pousse sur le chemin de la vie (un peu comme dans Star Wars mais sans les épées laser), et qui repose sur l'équilibre du Yin et du Yang. Le Yin et le Yang, c'est le jour et la nuit ; le blanc et le noir ; l'hiver et l'été ; les Beatles et les Rolling Stones. Et bien dans le musée, alors qu'on s'arrachait à la contemplation de la baleine bleue, on a soudain eu un concentré de Tao en une toute petite seconde. Dans cette même seconde, donc, j'ai vu passer un monsieur âgé, avec une tête aussi aimable que celle d'un hibou, portant un costume en velours côtelé, et qui arborait un badge « Pr Rigby » ; mais à cet instant précis, Vera a tourné la tête sur sa gauche pour se rendre compte que ses parents se trouvaient à trois mètres de nous, main dans la main, et roucoulant comme s'ils avaient 17 ans. Le Yin et le Yang. En plein dans nos têtes.

Vera est toujours sûre d'elle, en toute circonstance. Mais pour la première fois, j'ai senti une profonde détresse sur son visage. La salle avait beau avoir une taille considérable (ne serait-ce que pour accueillir sa locataire à nageoires), elle ne comportait pas le moindre recoin où se cacher. Les parents de Vera ne risquaient pas forcément de nous reconnaître, Chuck et moi, car ils ne nous avaient vus qu'en coup de vent à chaque fois qu'on les avait croisés. En revanche, Vera, elle, était en très mauvaise posture.

Alors, elle a fait quelque chose de dingue. On pourrait même dire que c'était assez stupide.

Vera s'est pliée en deux, et a filé sous la rambarde qui délimitait la zone d'exposition. Deux secondes plus tard, elle avait disparu derrière la baleine bleue.

Chuck et moi, on s'est retrouvés un peu bêtes. D'autant que les parents de Vera étaient maintenant tout près de nous. On les entendait même discuter :

– Tu te rends compte, chérie ? La taille de cet éléphant ?

- Oui! Tu te rappelles que pour m'impressionner, le jour où on s'est rencontrés, tu m'avais dit que tu m'emmènerais en Afrique les voir de près?

- C'est vrai.

- J'attends encore, dis donc!

- Mais on a encore toute la vie.

- Je préférerais y aller tant que je suis à peu près jeune et en bonne santé!

Le père de Vera a ri de bon cœur, mais quelque chose me disait qu'il avait intérêt à ne pas trop traîner pour acheter les billets. Ils se sont éloignés sans faire attention à nous, bras dessus, bras dessous.

Et là, j'ai entendu : **« pshiiiit »**.

J'ai tourné la tête, mais je n'ai rien vu. J'ai remarqué que M. Rigby était toujours présent dans un coin de la pièce, mais qu'il s'apprêtait à la quitter. J'allais le suivre quand, pour la deuxième fois, j'ai entendu :

« pshiiiit »

Cette fois, le bruit me semblait plus facile à localiser. J'ai levé la tête. Il m'a fallu un petit moment pour

comprendre ce que je voyais : mon cerveau se refusait à valider cette information.

Vera était sur la baleine. À plat ventre.

Comment avait-elle pu monter comme ça ? Je crois que le désespoir et la peur, ça vous fait faire des choses incroyables, tout simplement. Chuck et moi en avions un exemple sous les yeux. Il n'était pas certain, dans l'absolu, que le dos de la baleine était la meilleure cachette possible. Mais plus c'est gros, plus ça passe, il paraît. La preuve : personne n'avait encore remarqué Vera. Un coup de chance. Mais ça risquait

de ne pas tarder, et je lui ai fait signe de descendre. À sa tête, j'ai compris qu'elle était coincée, ou quelque chose dans le genre. C'était sans doute le même problème que les chats ont quand ils grimpent aux arbres : c'est facile de monter, mais moins de redescendre. Elle nous appelait au secours, donc, mais on était bien en peine de l'aider.

Finalement, Chuck et moi on s'est regardés, et profitant de ce que la foule s'était un peu éparpillée, on a pris le même chemin que Vera. On s'est alors retrouvés de l'autre côté de la baleine, là où il y avait déjà beaucoup moins de passage. Elle s'est penchée vers nous (Vera, pas la baleine), et on a juste entendu : « gné vertige ».

– Vera, j'ai fait entre mes dents, qu'est-ce que tu fabriques ?

– Je ne sais pas !

– Mais... comment ?

– Je te dis que je ne sais pas comment je suis arrivée là ! Aidez-moi au lieu de poser des questions !

– Comment tu veux qu'on t'aide ?

– Je vais me laisser glisser. Rattrapez-moi !

Elle en avait de bonnes ! En regardant mieux, j'ai compris qu'elle avait dû monter sur un petit marchepied qui se trouvait de notre côté, et l'utiliser comme tremplin pour atteindre la nageoire puis le dos du cétacé. Mais, évidemment, cela n'avait rien de simple de refaire le chemin en sens inverse.

Alors, on a joué le tout pour le tout. Chuck s'est accroupi, et je suis monté sur ses épaules. Je n'étais pas très lourd, et c'était bien mieux dans ce sens. Chuck s'est relevé en vacillant un peu, et une fois qu'il a été stable sur ses pattes, Vera a commencé sa descente, en se faisant glisser le long du flanc de la baleine. C'était miraculeux que personne ne nous ait encore éjectés du musée.

Vera a glissé, glissé, et moi, je tendais la main vers elle pour la récupérer. Je n'avais pas trop anticipé la phase suivante, à vrai dire. Tout ce que je me rappelle, c'est que j'ai dit : «C'est bon, je te tiens!». L'instant suivant, on était tous les trois étalés par terre. On a frotté nos bras et nos jambes, mais c'était bon : pas de casse à signaler.

– Plus jamais ça, ai-je grogné.

On allait se relever quand on s'est aperçus que quelqu'un nous observait. Deux personnes en fait. Il y avait Thomas, ce qui était plutôt rassurant; mais il y avait aussi ce mystérieux M. Rigby, qui nous fixait d'un air tellement sévère, que si on avait été en glace, on aurait fondu direct.

– On peut savoir ce que vous fabriquez ?, a demandé Thomas.

– J'aimerais bien que ça reste notre petit secret, a gémi Vera en retour.

– B... Bon. Les enfants, je vous présente M. Rigby. Il a bien voulu m'aider.

Le vieil hibou a hoché la tête et sans nous quitter des yeux, il a dit :

– J'espère que vous n'avez pas abîmé ma baleine. Parce que si vous l'avez abîmée, vous allez revenir pour la nettoyer et la réparer.

Voyant qu'on était terrorisés - c'était, apparemment, son but initial - il s'est un peu détendu et a serré la main à Thomas.

– Regent's Canal, Camden Lock, a-t-il affirmé mystérieusement. Numéro 39. Vous y trouverez forcément George, il ne bouge guère de chez lui. Bonne chance.

– Merci, M. Rigby, a fait Thomas avec un grand sourire. J'apprécie vraiment votre aide. Au revoir.

Alors qu'on tournait les talons, M. Rigby a retenu Thomas par l'épaule :

– M. Fitzgerald ! Un instant.

– Oui ?

– Je... peux avoir un autographe ?

Le visage de Thomas s'est éclairé, puis figé d'un coup. Apparemment, il ne lui avait pas dit qui il était, mais il faut croire que l'austère M. Rigby était fan de rock, aussi étrange que cela puisse sembler. Et qu'il était physionomiste, parce que Thomas portait toujours ses lunettes et sa perruque idiote.

– Bien sûr, a-t-il fini par répondre. Ça sera pour qui ?

– Euh, pour moi. Mettez « pour John ». Je... Attendez, j'ai votre CD dans mon bureau.

On a attendu cinq bonnes minutes que M. Rigby revienne avec le premier disque des Blackboard Circles. Thomas s'est exécuté sans se faire prier, et on s'est séparés en de meilleurs termes qu'on ne s'était rencontrés.

Restait maintenant à sortir du musée, car il y avait toujours la menace des parents de Vera. Ils étaient toujours là, mais scotchés devant un puzzle 3 000 pièces dans la boutique du musée. Le temps était venu pour nous de terminer notre périple.

Chapitre VII

On a repris le métro. Une fois encore. D'abord la Circle Line jusqu'à Embankment, puis la Northern Line. D'après ce que j'avais compris, il allait nous falloir descendre à Camden Town.

Thomas, qui ne s'était pas révélé comme le gars le plus bavard du monde jusqu'à présent, s'est montré un peu plus causant durant ce trajet.

– Merci pour tout ce que vous avez fait pour moi, les enfants. Vraiment.

– Tout le plaisir est pour nous, j'ai répondu. Mais désormais, vous nous devez une petite fortune en tickets de métro !

Ça l'a fait rire.

– Au fait, a-t-il repris, je me demandais quelque chose : vous faisiez quoi, quand je suis tombé nez à nez avec vous, ce matin ? Dans ce tunnel ? Je réalise que je ne vous ai même pas demandé.

– Ah, euh...

– Ah, euh...

– Ah, euh...

Thomas s'est frotté le crâne (en passant un doigt sous sa perruque, qui devait le démanger horriblement), et il a répliqué :

– Je vois. Vous veniez écouter la balance, c'est ça ?

– La balance ?, a fait Vera.

– Oui, enfin, la répétition. C'est comme ça que ça s'appelle. On ne se contente pas de jouer les morceaux, on ajuste aussi le volume des instruments.

– Ah, oui ! Eh bien... oui, on était venus pour ça, a admis Vera. C'est que les places pour votre concert sont hors de prix, si je peux me permettre.

Thomas a baissé la tête comme un enfant pris en faute.

– Je sais. Mais ce n'est pas nous qui fixons les prix. Nous, on joue de la musique, c'est tout.

Après une hésitation, j'ai demandé :

– Thomas, euh... Le reste du groupe doit être mort d'inquiétude à votre sujet, non ? Vous êtes parti comme ça, sans rien dire ?

Pour la première fois de la journée, j'ai vu Thomas sortir un téléphone portable de sa poche, et le consulter.

– 113 appels en absence, a-t-il annoncé d'une voix blanche. Peut-être bien qu'ils s'inquiètent un peu, en effet. Ah, c'est comme ça et puis c'est tout.

Timidement, Vera a fait :

– Vous ne voulez toujours pas nous dire ce que vous cherchez ? On vous suit, on vous aide... mais c'est toujours aussi étrange et mystérieux.

Thomas a retiré sa perruque pour se gratter la tête plus franchement : ça devait commencer à être horrible, avec la chaleur qu'il faisait. Il l'a remise en maugréant, et a répondu :

– Vous saurez tout très bientôt, maintenant.

Ne vous inquiétez pas. Je me sentais peut-être un peu ridicule à vous donner l'explication. Mais vous voyez, il y a des choses qu'on doit faire à un moment précis, et pas à n'importe quel autre. Aujourd'hui, ce moment était venu. Les gars du groupe, ils ne m'ont pas pris au sérieux. Alors je suis parti en catimini.

Chuck avait l'air très, très contrarié. Péniblement, il s'est enquis :

– Les gars du groupe... Mais vous n'êtes pas fâchés, au moins ? Vous n'allez pas vous séparer ?

Thomas a répondu en riant :

– Ce n'est pas au programme, non ! Rassure-toi. On devrait encore faire quelques disques.

J'avais déjà vu une tête comme celle qu'a fait Chuck à cet instant précis. C'était quand le docteur avait annoncé à mon père que ses analyses médicales étaient excellentes.

La conversation a repris, alors qu'on n'était plus qu'à quelques stations de notre but. La clé de toute cette énigme n'allait pas tarder à être entre nos mains.

Camden Town, j'y étais déjà venu une fois. C'est un endroit assez étonnant, qui ne ressemble en rien à ce que l'on peut trouver au centre de la ville. C'est presque une ville en soi, plus qu'un quartier. Le long d'une grande avenue s'alignent des boutiques de vêtements, parfois un peu crasseuses. Mais pas n'importe quels vêtements : des vêtements rock. Si vous voulez un blouson en cuir, des Doc Martens, des bottes avec des clous, ou une veste sans col « vintage » tout droit sortie des années 60, c'est à Camden qu'il faut venir. Et d'après ce que je savais, il est toujours possible de marchander un peu.

En haut de l'avenue se trouve un immense pont métallique, avec une banderole d'accueil. Une fois cette espèce de portique passé, on commence à longer une immense enceinte en briques sombres. À l'intérieur, c'est un véritable labyrinthe. Des marchands sont entassés les uns sur les autres, de minuscules boutiques sont nichées dans des recoins impossibles. C'est exactement l'idée que je me fais des « cours » de châteaux au Moyen Âge. Sauf que là, il n'y a pas de cracheurs de feu, mais des boutiques de street food tous les deux mètres. On peut manger japonais, chinois, indien, thaïlandais, mexicain, italien, américain (et même anglais) tout à sa guise.

Au sein de ce bazar total, il y en a pour tout le monde et toutes les envies ; vieux livres, vieux appareils photo, vieux vélos, vieux vêtements, vieux jouets, vieux meubles, vieux disques... Et bien sûr, la dose obligatoire de T-shirts à la mode, chapeaux, etc.

On a traversé tout ce souk au pas de course, même si j'aurais bien aimé m'arrêter de temps en temps. Chuck s'est mis à baver littéralement en découvrant une boutique de 33 tours, et il a fallu le tirer de force pour l'en extirper (une minute de plus, et on aurait eu besoin d'outils). Le lieu était vraiment plus grand encore que dans mon souvenir, avec toute une partie en souterrain. Mais nous, on a fini par rejoindre l'extérieur, à l'arrière de l'enceinte. La vue était sensiblement différente : un peu moins accueillante, plus délabrée, avec davantage de graffitis sur les murs et de palissades en métal. Mais il y avait aussi un côté plus sauvage bien agréable, d'autant qu'à cet endroit passait le fameux Regent's Canal. Ce n'était pas tout à fait Venise, bien sûr, mais ce canal, somme toute assez large, avait un côté vraiment charmant. À vrai dire, c'était même l'endroit idéal pour faire l'école buissonnière.

Je le notai dans un coin de ma tête pour une prochaine fois.

Il y avait pas mal d'entrepôts le long du canal, mais apparemment, Thomas cherchait une maison d'habitation. Ce n'était pas évident, parce que la plupart des entrées se trouvaient dos au canal ; nous, on voyait l'arrière des maisons et des différents bâtiments. Je sentais Thomas de plus en plus nerveux.

Finalement, on a trouvé le fameux numéro 39. C'était une toute petite maison en briques jaunes, étroite au possible, avec un étage. Elle ne payait pas de mine, mais semblait bien entretenue. Et il y avait même une sonnette, avec un nom : Lucy & George Rigby.

Thomas a dégluti tellement bruyamment que ça a dû s'entendre jusqu'au cœur du marché. Puis, d'un doigt tremblant, il a appuyé sur la sonnette.

Au bout d'une bonne minute, une dame aux cheveux gris a ouvert la porte. Elle avait de très grands yeux bleus, presque violets, qui scintillaient comme un kaléidoscope derrière le verre de ses petites lunettes rondes.

– Puis-je vous aider ?, a-t-elle demandé poliment.

– Oui, a fait Thomas avec empressement. Je cherche… M. George Rigby. Il habite bien ici ?

– George est mon mari, et il habite bien ici, oui.

Thomas avait l'air aussi nerveux que quand on est appelé dans le bureau du proviseur.

– Puis-je lui parler ? Est-il là ?

– Il est là, en effet. Et je suppose que vous pouvez lui parler, même si je ne vois pas ce que ça peut avoir d'intéressant !, a-t-elle répliqué avec un petit clin d'œil. Qui dois-je annoncer ?

– Thomas Fitzgerald.

– Bien. Patientez un petit moment.

Elle nous a laissé sur le pas de la porte, puis s'en est retournée à l'intérieur. Finalement, elle nous a ouvert de nouveau, et d'un geste de la main, nous a invités à entrer.

– George est dans le jardinet. Traversez le salon, devant vous, et passez la petite porte qui a dû rester ouverte.

C'est ce que nous avons fait. C'était un intérieur très cosy, comme on pouvait s'y attendre. J'ai immédiatement repéré un piano, avec des partitions éparpillées sur le clavier. Les murs étaient tapissés de disques, de bouquins, et un système hi-fi haut de gamme trônait fièrement à l'emplacement où, dans le temps, s'était sans doute tenue une cheminée.

On a passé la petite porte, pour déboucher dans un jardin aussi long qu'il était peu large. Un couloir de verdure, en quelque sorte. Là, penché sur un bosquet de roses, il y avait un monsieur âgé, très sec, avec une jolie chevelure blanche ondulée, un sécateur à la main. Il ne s'est pas tout de suite tourné vers nous, et a continué à tailler ses fleurs un petit moment.

Finalement, il a jeté un coup d'œil dans notre direction puis, d'un ton très dégagé, il a fait :

– Thomas Fitzgerald... Vos cheveux ont poussé, il me semble.

On avait fini par oublier que Thomas était toujours en opération camouflage. Il a bredouillé quelque chose, et a retiré ses lunettes et sa perruque. Le monsieur au sécateur en a eu l'air amusé.

– M. Rigby... a commencé Thomas.

– Je suis étonné de vous voir ici. Je ne pensais plus jamais vous revoir, de fait. Vous êtes plus malin que dans mon souvenir ! Je ne suis pourtant pas si facile à trouver.

Thomas se tortillait sur place, très maladroitement. C'était curieux de le voir ainsi. Ce M. Rigby devait être quelqu'un de très important pour lui.

– Qui sont ces enfants ?, a demandé M. Rigby.

– Eux ? Ah, ce sont... des amis.

– Bien, a répliqué M. Rigby comme si cette explication lui suffisait.

Puis, après une pause :

– Je suis désolé : on ne vous a pas proposé à boire ? Ah, Lucy manque à tous ses devoirs. J'ai du thé, bien sûr, mais figurez-vous que j'ai aussi des sodas au frais. Et même une bière, si le cœur vous en dit, M. Fitzgerald. En ce qui me concerne, c'est plutôt ça que j'ai en tête. Passons à l'intérieur : vous m'expliquerez alors ce que me vaut cette drôle de visite.

Quelques instants après, nous étions tous assis dans le salon que nous avions traversé, autour d'une table basse. M. Rigby a porté sa chope à ses lèvres, bu une gorgée, puis, d'un air affable, il a commencé :

– Bien. Je vous écoute, M. Fitzgerald. Pourquoi venir voir votre vieux professeur de musique ?

C'était donc ça ! Le lien entre les deux était désormais établi. Restait à savoir quelle en était la nature exacte.

Thomas n'a pas répondu tout de suite ; on voyait ses lèvres bouger comme s'il répétait sa tirade à voix basse. Puis, il s'est lancé :

– J'ai été votre élève la dernière année de collège, n'est-ce pas ?

– En effet. Vous étiez très populaire dans votre classe. Je me souviens parfaitement de vous. Pas uniquement en bien, d'ailleurs. Si vous me le permettez.

– Je m'en doute. Vous me critiquiez toujours.

– Il y avait de quoi, jeune homme. Pour commencer, vous n'aviez pas le sens du rythme. Oh, vous pensiez l'avoir, bien sûr. Parce que vous écoutiez toutes vos musiques très rythmées, et que vous saviez battre la mesure sur un morceau en 4/4 à 100 noires à la minute. Mais je voyais bien que vous n'étiez pas capable de le tenir avec régularité. D'où les exercices que je vous faisais faire avec le métronome.

– Ah! Quelle torture! À chaque fois que je me décalais, vous me lanciez ce regard désespéré, navré... C'était très vexant.

– Bien sûr que c'était vexant! Vous étiez un jeune chien fou qui n'en faisait qu'à sa tête. Vous ne faisiez jamais les devoirs à la maison, vous n'aviez que mépris pour l'harmonie et le solfège. Tout ce qui vous importait, c'était de gratouiller votre guitare dès que la cloche avait sonné, et de faire le joli cœur. Ce n'était pas il y a si longtemps, quand on y pense. Ma mémoire est encore fraîche.

Thomas, la rock star la plus célèbre du moment, a baissé la tête, penaud. Dans ce petit salon, face à ce monsieur âgé autoritaire, sa notoriété ne pesait pourtant plus grand-chose. Après un silence, c'est lui qui a poursuivi :

– Je ne sais pas si vous vous rappelez notre dernier cours ensemble. C'était même l'un de vos derniers dans l'absolu, je pense. Juste avant que vous ne preniez votre retraite. Vous ne l'aviez pas dit à vos élèves, mais on l'a su l'année suivante.

– Je m'en souviens assez bien, oui, M. Fitzgerald. Continuez ?

– Ce jour-là, il y avait eu un... comment dire ? Un vif échange entre nous. Vous m'aviez dit que je ne réussirais jamais dans la musique si je n'étais pas plus rigoureux dans l'étude des gammes.

– C'est exact.

– Et là, je me suis levé, et devant toute la classe, j'ai crié : « Un jour, je serai le musicien le plus connu du pays. Et ce jour-là, vous verrez que vous avez eu tort de douter de moi ! Je jouerai dans un stade, il y aura des dizaines de milliers de gens venus pour me voir. »

– En effet. Vous étiez très emporté.

– Et vous, très calmement, comme toujours, vous avez répondu : « Le jour où vous ferez un concert dans un stade, je serai au premier rang. Mais en attendant, il faut travailler davantage. » Moi, toujours aussi énervé, j'ai rétorqué : «Alors, rendez-vous est pris, M. Rigby! »

– Oui, oui. Ce sont les dernières paroles que vous et moi avons échangées. Quelle tristesse!

Thomas a tordu ses doigts d'une manière bizarre, puis il a ajouté :

– Oui, c'est triste.

– J'ai cru comprendre que les choses avaient plutôt bien tourné pour vous, M. Fitzgerald. Des millions de fans. Mais... toujours pas de stade, n'est-ce pas ?

- Et si, a rétorqué Thomas d'un ton qui ne se voulait pas trop triomphant. Ce soir. Et je me suis tout à coup rappelé ma promesse. Je devais la tenir.

M. Rigby a eu un petit sourire en coin :

- Pour me montrer à quel point vous aviez raison ? Pour venir vous moquer de votre petit professeur, dans sa petite maison, avec ses petites manies, vous qui êtes devenu une idole ? Vous savez, jeune homme, je n...

- Non, l'a alors coupé Thomas. C'est tout le contraire, M. Rigby. Je suis venu vous inviter et tenir ma promesse, c'est vrai, mais je suis surtout venu m'excuser. Et vous dire que vous aviez raison.

M. Rigby a levé un sourcil :

- Vous excuser ? Vraiment ?

- Et oui. J'ai été bête de ne pas vous écouter. J'ai perdu du temps. Quelques années après, je me suis rendu compte de toutes les lacunes que j'avais. Alors, les gammes, le tempo, tout ça... Je m'y suis lancé à fond. Oh, bien sûr, dans le genre de musique que je joue, ça n'a pas forcément la même importance qu'en jazz, ou qu'en classique, mais... Ça m'a débloqué, M. Rigby. Ça m'a ouvert des horizons. Ça m'a permis de trouver des accords plus riches, de plus belles harmonies... Et je ne réalisais pas que tout cela, j'aurais pu l'apprendre plus tôt. Si je vous avais écouté.

- Mieux vaut tard que jamais, a annoncé très placidement M. Rigby. Si mes cours ont servi à quelque chose, même avec cet effet « retardement », j'en suis ravi. Mais j'avais pu me rendre compte de vos progrès.

Thomas a eu l'air étonné :

- Hein ? Comment ?

- Allons, je n'oublie jamais le nom d'un élève. Et il faudrait être sourd pour ne pas entendre votre groupe à la radio ou ailleurs ! Ce n'est plus un genre de musique qui me passionne énormément, mais... mélodiquement, je trouve votre travail de qualité. Après, il y aurait des choses à dire, mais passons : l'énergie compense sans doute vos petits manquements.

- Attendez, vous avez dit « ce n'est plus un genre de musique qui me passionne ». Ça vous a passionné un jour ?

Un petit sourire ironique est passé sur le visage de M. Rigby :

– Mon ami, j'ai beau être retraité, je suis un peu plus jeune que la plupart de vos idoles des années 60 et 70. Qui n'a pas écouté du rock et de la pop, dans ma génération ? Je n'y suis pas imperméable du tout. Je m'intéresse davantage à d'autres choses, voilà tout. Maintenant, j'aimerais que vous m'expliquiez quelque chose : comment m'avez-vous retrouvé ?

Thomas a pris une profonde inspiration.

– Ce matin, alors que l'on commençait la balance, dans le stade, je me suis rappelé cette promesse. Et subitement, je n'ai plus réussi à penser à autre chose. Il fallait que je vous aie ce soir au concert. J'aurais eu l'impression de rater quelque chose d'important, dans le cas contraire. J'ai cherché votre nom sur Internet, mais cela ne m'a retourné ni adresse, ni numéro de téléphone. J'ai donc décidé de partir à votre recherche. J'ai essayé d'expliquer ça aux autres membres du groupe, mais ils m'ont pris pour un fou et ont insisté pour que je reste. Je peux les comprendre, bien sûr. Mais moi, je devais accomplir ma mission. Je leur ai dit de jouer le prochain morceau sans moi, que j'avais quelque chose à faire... et je ne suis pas revenu.

J'imaginais sans mal la tête des autres musiciens. Thomas a poursuivi :

- Je me suis souvenu que vous alliez souvent boire un coup dans un pub appelé le Glass Onion, pas loin de Carnaby Street. On vous y avait surpris, avec des copains, une fois. On n'en revenait pas de vous voir avec une bière à la main ! Bref, j'ai pensé que là-bas, on pourrait me renseigner. Hélas...

- Oui, hélas. Le pub a fermé il y a un petit moment. Les affaires n'allaient pas fort. Je crois que désormais, il y a une parfumerie à la place.

- Peut-être... En tout cas, après ça, je me suis dit qu'en retournant à notre ancienne école, quelqu'un saurait me dire où vous étiez. Là encore, j'ai fait chou blanc. Mais... On m'a indiqué que votre frère travaillait au Musée d'Histoire Naturelle, tout à côté. Une fois sur place, on n'a pas eu trop de mal à le trouver... et il nous a donné votre adresse. Vous savez tout, maintenant.

M. Rigby a hoché la tête :

- Mon frère - mon petit frère - aime beaucoup ce que vous faites. Quand je lui ai dit que vous étiez un de mes anciens élèves, il n'en revenait pas. J'étais très fier.

Thomas a dressé tout ce qui pouvait être dressé : le cou, les oreilles, les cheveux...

– Vous étiez fier ? a-t-il répété.

– M. Fitzgerald, il est rassurant, pour un enseignant, de penser que ce qu'il s'époumone à dire à longueur de journée peut avoir un peu de retentissement dans la vie de ses élèves. Même si ce n'est pas vrai.

Thomas n'a rien répondu dans l'immédiat. Puis :

– M. Rigby, vous serez là, ce soir ? Vous viendrez ?

– Je viendrai. Si vous m'offrez une place.

– Bien sûr, bien sûr ! Oh, ce que je suis heureux. Merci, M. Rigby. Maintenant... Il va falloir que je vous laisse. Mes copains vont me tuer. Je vais passer un très mauvais quart d'heure. Mais je crois qu'on est prêts. À peu près, en tout cas. Ça sera un bon concert.

J'ai regardé Chuck et Vera : ils s'étaient rapprochés l'un de l'autre en écoutant l'histoire de Thomas, et buvaient ses paroles. C'était vraiment mignon à voir. En revanche, quand ils se sont aperçus que je les observais, ils ont repris une distance réglementaire de 30 cm.

Thomas s'est levé, et a serré la main à M. Rigby. J'aurais aimé avoir un appareil photo avec moi pour immortaliser ce moment : il se passait vraiment quelque chose de fort et de réconfortant. Alors que Thomas nous faisait signe de prendre congé, M. Rigby a dit :

– Un instant ! Le vieux piano qui est ici aimerait beaucoup que vous le chatouilliez.

– Comment ça ?, a demandé Thomas.

– Jouez-moi un de vos morceaux ! Vous savez toujours jouer du piano, ou il n'y en a plus que pour la guitare ?

– Oh, j'en joue encore, bien sûr, selon les titres. Écoutez... Oh, et pourquoi pas, après tout, je ne suis plus à cinq minutes près. Je vais jouer une chanson que j'ai composée il y a trois jours à peine. On ne l'a jamais jouée avec le groupe, et je n'ai pas encore les paroles. Je vais donc faire des « too-doo-doo-doo » à la place. Mais vous aurez une petite idée de ce que ça donne.

Thomas s'est assis sur le tabouret que lui désignait M. Rigby, et ce dernier a retiré les partitions qui encombraient les touches. Thomas a fait craquer ses doigts, et a commencé à jouer.

Peut-être bien que c'était à cause de ce rayon de soleil de fin de journée qui tapait aux carreaux, et noyait toute la pièce dans un orange mœlleux ; peut-être aussi que c'était parce qu'on était fatigués, et que la chanson avait, dans sa progression, dans sa mélodie, quelque chose de merveilleusement apaisant ; ce qui est certain, c'est que l'on n'avait encore jamais rien entendu d'aussi beau.

À la fin de la chanson, M. Rigby s'est levé, s'est approché de Thomas, et lui a dit :

– C'est très réussi, M. Fitzgerald. Mais rappelez-vous ce que je vous ai expliqué sur les accords de neuvième : ici, cela serait pertinent d'en placer un. Ceci mis à part... bravo.

– J'y songerai, merci.

On n'a pas fait trop durer les adieux. Ou plutôt, les au revoir, puisqu'il était prévu que M. Rigby aille au concert du soir. Qui n'était plus dans très longtemps.

Quand nous nous sommes retrouvés dehors, Thomas nous a dit :

– Bon, les mômes... Je ne sais pas comment vous remercier pour cette journée.

- On a été ravis de vous aider!, s'est empressée de répondre Vera.

- Oh, je ne parle pas de toute cette aventure. Vous m'avez aidé, oui... Mais il n'y a pas que ça. Cela faisait longtemps que je n'avais pas passé une journée... hum... Je ne vais pas dire «normale», parce qu'elle n'avait rien de normale. Je devrais dire, une journée tellement « vraie ». C'était formidable. Mais maintenant...

- ...vous allez devoir nous laisser, c'est ça?, a fait Chuck avec la voix d'un comdamné à mort.

- Et oui. Le devoir m'appelle. Je vais encore une fois vous demander un ticket de métro. Rassurez-vous, je ferai en sorte de vous rembourser tout ça! Et bien sûr... on se voit ce soir?

On n'a pas su trop quoi répondre. Chuck a quand même tenté sa chance :

- Euh... ce soir? Au concert?

- Oui. Vous êtes invités, bien sûr. Avec vos parents. Donnez-moi rapidement vos noms et adresses! Je vais les noter sur un bout de papier.

- Je ne sais pas s'ils..., ai-je commencé.

- Oh si, ils voudront. Ne t'inquiète pas pour ça. Alors, marché conclu? À ce soir?

On a fait « oui » de la tête tous ensemble. C'était merveilleux à voir, une simultanéité pareille. Thomas a alors tendu la main vers Chuck, qui était le plus en face de lui. Mais après avoir hésité une ou deux secondes, il a étendu les bras et nous a serrés tous les trois contre lui. Un long moment. Et puis, il s'est écarté doucement. Vera lui a remis de quoi s'acheter son ticket de retour, et il nous a adressé un petit signe de la main.

Ce genre de petit signe que l'on fait quand on est pressé de partir, pour ne pas montrer qu'on a les larmes aux yeux.

Épilogue

C'était comme dans un rêve.

Vers sept heures du soir, on a sonné à notre porte. Quand mon père a ouvert, un chauffeur en costume-cravate lui a annoncé qu'il venait me chercher. Et qu'il était lui aussi le bienvenu. Il a fallu parlementer un petit moment, d'autant que je ne m'étais pas spécialement vanté de mes exploits de la journée. Mais toujours est-il que cinq minutes plus tard, j'étais assis dans une limousine longue comme un bus.

Vera s'y trouvait déjà, accompagnée de son père qui tirait une drôle de tête : il faut croire que l'anniversaire de mariage avait été l'occasion de remettre sur le tapis un sujet qui fâche.

On a ensuite récupéré Chuck, tout seul cette fois. Mais mon père étant son oncle, tout allait bien.

On a roulé, roulé, jusqu'au stade où notre aventure avait commencé. La limousine a emprunté un chemin de traverse, vers l'entrée des artistes. On s'est retrouvés dans une espèce de salon, où M. Rigby sirotait une bière tout en discutant avec une personne familière. Après un petit temps, j'ai réalisé qu'il s'agissait d'Astrid, la vendeuse qui nous avait aidés un peu plus tôt. Il y avait aussi le frère de M. Rigby, excité comme une puce. Le décalage avec sa mine et ses vêtements austères était presque dérangeant (mais rigolo tout de même). Il faut croire qu'on peut aimer la pop music et les baleines bleues.

Et puis, ça a été le concert. On était aux premières loges, traités comme des rois. Thomas était en grande forme, Tosh le guitariste également (particulièrement déchaîné sur les blagues entre les morceaux). Plus près de moi, j'ai cru que Chuck et Vera ne recouvreraient jamais l'usage de la parole tellement ils hurlaient. Mais bon : j'avoue que je n'étais pas en reste non plus, à certains moments.

Quand l'heure des rappels est arrivée, Thomas a déclaré qu'il allait nous faire la primeur d'une chanson inédite, encore jamais interprétée sur scène. Il s'est installé seul au piano, et après avoir attendu que le stade soit parfaitement silencieux (ça a mis un petit moment), il a commencé à jouer.

C'était la chanson qu'il avait jouée un peu plus tôt, dans le salon de M. Rigby. Sauf que, cette fois, il y avait des vraies paroles. Ça racontait l'histoire d'un monsieur sévère que personne ne voulait écouter, et qui au final, avait toujours raison. Et à un moment, les paroles évoquaient «Trois farfadets à qui je dois 20 livres / Et qui m'ont guidé vers sa maison».

Peu de gens, sans doute, comprendront à quoi il faisait allusion. C'est souvent comme ça, avec les paroles de chansons. Mais Vera, Chuck et moi, nous savions, bien sûr.

Vera a passé un bras autour de chacun de nous, et on a écouté la fin de la chanson comme ça.

Il faisait déjà nuit, mais l'air était doux.

On était bien.

On était entrés dans la légende...

Éric Senabre

Né en 1973, Éric Senabre est journaliste et auteur de romans (trilogie *Sublutetia*, *Elyssa de Carthage*) et d'albums jeunesse. Passionné de cinéma et de culture anglo-saxonne, il adore prendre l'Angleterre comme cadre de ses récits.

Éric s'intéresse à tout. Il dévore les comics et les aventures de Sherlock Holmes. Il est incollable sur les Beatles et le rock anglais.

Enjoy Piccadilly Kids and stay calm !

Joëlle Passeron

Joëlle Passeron est née en 1971. Après des études à l'École Estienne dont elle sort diplômée en 1994, elle devient illustratrice pour la jeunesse.

Elle a illustré une myriade de romans, de BD et de livres scolaires pour Nathan, Hatier, Milan, Gallimard, BD Kids. Joëlle illustre aussi pour la presse (*L'Obs*, *Biba*) avec un style bien à elle qui fait la joie des petits et grands.

Retrouve Chuck, Dave et Vera

Quelques mois après un concert triomphal à Wembley, les Blackboard Circles s'apprêtent à enregistrer un nouvel album. Celui-ci doit être réalisé dans des conditions très particulières : en une journée, en prise directe, sans ajout d'instruments. À la roots ! L'idée en est venue à Thomas, le chanteur, en rachetant un vieux magnétophone lors d'une vente aux enchères. Seulement, très vite, Thomas, Chuck, Vera et Dave ont vent d'une curieuse rumeur : l'appareil serait hanté et aurait porté malheur à tous ceux qui l'ont utilisé jusque-là. L'enregistrement se passe comme souhaité. Mais à la fin de la journée, stupeur : le magnétophone ET les bandes ont disparu !

PARUTION DU TOME 2 : janvier 2016

dans le tome 2 des PICCADILLY KIDS

Y a-t-il vraiment de la magie là-dessous ? Ou le responsable ne serait-il pas cette étrange silhouette que Chuck prétend avoir aperçu un peu plus tôt dans la journée ? Les trois enfants vont se lancer dans une enquête pour retrouver la trace du magnétophone et de l'album volés, qui va les conduire une fois encore à travers Londres.

Collection MELO*teens*

Les Zarnac

TEXTE DE
JULIAN CLARY

ILLUSTRATIONS DE
DAVID ROBERTS

Les Zarnac habitent un pavillon ordinaire,
dans une banlieue anglaise ordinaire.
Mais c'est loin d'être une famille ordinaire...

M. ZARNAC adore raconter des blagues et n'arrête pas de rigoler.
Il s'est trouvé le métier idéal : inventer les blagues des emballages de caramel !
Mais il lui arrive de récupérer les restes dans les poubelles du voisinage.

Mme ZARNAC aime les tenues recherchées et vend sur le marché
les chapeaux merveilleusement extravagants qu'elle confectionne elle-même.
Elle doit sans cesse rappeler aux jumeaux de ranger leur queue.

ZACK ZARNAC est un vrai petit effronté, et rien ne lui fait plus plaisir que de faire enrager sa sœur et de courir dans le jardin. Il lui arrive parfois d'avoir quelques ennuis parce qu'il fait un peu trop de bruit ou ne peut s'empêcher de ronger les pieds des chaises lors de sa poussée de dents.

ZOÉ ZARNAC est une enfant pleine de vie. Elle adore jouer avec son frère jumeau et le pourchasser dans toute la maison. Elle a les oreilles un peu plus grandes que la normale, mais les dissimule le plus souvent sous ses couettes.

PARUTION DU TOME 1 : mars 2016

MINNIE, la super copine des jumeaux, habite au-dessus de la boucherie, mais rêve de devenir une star de cinéma. En fait, elle n'est pas plus étonnée (ni épouvantée) que ça de découvrir qui sont en réalité les Zarnac. Et, heureusement, elle sait garder un secret !

... Au cas où vous ne l'auriez pas encore deviné, les Zarnac sont une famille de hyènes déguisées !

À DÉCOUVRIR

la collection **MELO*kids*** pour les 6-9 ans

VERSION BILINGUE

LA REINE D'ANGLETERRE
COMME VOUS NE L'AVEZ JAMAIS VUE !

Flora est la fille la plus chanceuse du monde.
Elle a été invitée à prendre le thé AVEC LA REINE !
Mais oubliez tout ce que vous pouvez imaginer : cette aventure
nous emmène loin des majordomes et des plateaux d'argent...
Vous découvrirez l'envers du décor de Buckingham Palace
dans ce livre drôle et émouvant écrit par Giles Andreae
et illustré par Tony Ross.

À DÉCOUVRIR

la collection **MELO*kids*** pour les 6-9 ans

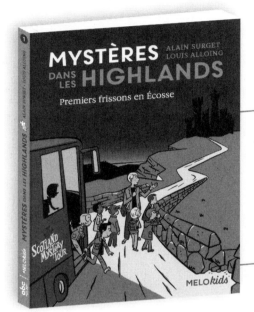

À PARAÎTRE EN JANVIER 2016 :
Les Secrets du château de Glamis
(tome 2)

À PARAÎTRE EN AVRIL 2016 :
Panique au Loch Ness
(tome 3)

LE PREMIER TOME
D'UNE TRILOGIE PALPITANTE !

C'est le grand départ pour la classe de CM1 de Monsieur Moury!
Direction l'Écosse et ses brumeux paysages, son atmosphère
chargée de mystères et ses drôles de coutumes! Entre la visite
d'un château hanté, la découverte d'une gastronomie
quelque peu surprenante et la cavale d'une inquiétante bande
de voleurs de bijoux, Amytis, Romain, Hugo et leurs copains
ne devraient pas oublier leur voyage de sitôt...

ISBN : 978-2-368360-66-8
Édité par ABC MELODY Éditions
www.abcmelody.com
© ABC MELODY, 2015
Imprimé en Italie
Dépôt légal : août 2015
Loi n° 49-956 du 16 juillet 1949 sur les publications destinées à la jeunesse.
Direction artistique : Stéphane Husar
Conception graphique et mise en pages : Alice Nussbaum